Mechtel · Die Reise nach Tamerland

Angelika Mechtel

Die Reise nach Tamerland

Eine ganz unglaubliche Geschichte über Emma, Tamerland und das Heimweh, das auch Yüksel aus der Türkei hat

Illustrationen von Arnhild Johne

Loewe

CIP-Kurztitelaufnahme der Deutschen Bibliothek

Mechtel, Angelika: Die Reise nach Tamerland:
eine ganz unglaubl. Geschichte über Emma,
Tamerland u.d. Heimweh, d. auch Yüksel
aus der Türkei hat / Angelika Mechtel.
Illustrationen von Arnhild Johne.
1. Aufl. - Bayreuth: Loewe, 1984.
ISBN 3 7855 1958 3

ISBN 3 7855 1958 3 - 1. Auflage 1984

Umschlag: Arnhild Johne und Claudia Böhmer
Satz: Meister-Satz, Hof
Druck und Bindung: Wiener Verlag
Printed in Austria

Inhalt

1. Kapitel

Diese Geschichte beginnt, wie viele Geschichten beginnen könnten, ehe sie einen ungewöhnlichen Verlauf nehmen . . .

Es fängt überhaupt nicht schaurig an oder komisch oder seltsam oder verrückt. Emma gruselt sich nicht im geringsten. Sie sitzt auf einer Parkbank und wartet auf Yüksel. Dann sieht sie ihn die Straße herunterkommen. Er hat den kleinen Bruder im Schlepptau und das Baby im Kinderwagen. So taucht er meistens auf, wenn sie verabredet sind.

He! Yüksel! schreit Emma über die Straße und steht gemächlich auf.

Yüksel nimmt eine Hand vom Griff der Kinderkarre und winkt ihr zu, ehe er den kleinen Ismet am Schlafittchen greift und festhält, damit er nicht bei Rot über die Straße läuft.

Emma lehnt lässig am Ampelpfosten und wartet, das Skateboard unter den Arm geklemmt. Sie sieht lustig aus, diese spindeldürre, winzige Emma. Für ihr Alter ist sie viel zu klein. Deshalb wünscht sie sich auch nichts sehnlicher, als endlich einmal zu wachsen. Keiner glaubt, daß sie schon seit drei Monaten zehn ist.

Und lustig will sie eigentlich überhaupt nicht aussehen, nur besonders. Deshalb auch die Skateboardmontur und die Lieblingsjeans. Sturzhelm, Knie- und Ellenbogenschoner darf sie zwar nicht in der Schule tragen, dafür aber zu Hause. Ihre Eltern haben sich daran gewöhnt, daß sie manchmal mit Sturzhelm zu Mittag ißt.

Und die Jeans kann ihr überhaupt niemand verbieten! Sie sind von oben bis unten und von unten bis oben mit Kugelschreiber und Filzstiften bemalt. Seit drei Monaten darf diese Hose nicht mehr in die Waschmaschine. Sie wird schon ein bißchen steif vor Dreck. Emma hütet sie wie einen Schatz. Als sie zehn wurde, hat sie sich nämlich gewünscht, daß jeder aus ihrer Klasse seinen Namen und ein Blümchen oder ein Herzchen auf diese Hose malt. Dazu hat sie sich flach auf dem Schulhof ausgestreckt, erst auf dem Rücken, dann auf dem Bauch, und alle haben mitgemacht, weil Emma ziemlich beliebt ist. So ein schönes Geburtstagsgeschenk hat sie noch nie bekommen. Zu Hause ist sie noch mit einer Nagelschere an die Jeans gegangen und hat den Saum fein säuberlich in Fransen zerschnitten. Inge, ihre Mutter, hat zwar die Augen verdreht und wie eine Elefantendame geseufzt, geschimpft hat sie aber nicht.

Yüksels Name steht übrigens auf dem linken Hosenbein, ziemlich weit unten.

Endlich wechselt die Ampel auf Grün, und er kommt mit Ismet und dem Aishebaby über die Straße geschoben.

Hallo, Emma! sagt er: Tut mir leid, daß ich muß mitnehmen Ismet und Aishe.

Macht doch nichts, antwortet Emma, besser du bringst sie mit, wenn deine Mutter putzen geht, anstatt gar nicht zu kommen.

Yüksel nickt. Ja, besser, sagt er, und Emma fällt auf, daß er traurig ist. Wahrscheinlich hat er heute wieder einen seiner dummen Heimwehtage. Heimweh hat er ziemlich oft. Das merkt sogar jemand, der den Yüksel nicht so gut kennt.

Als er vor einem Jahr mit seinen Eltern aus der Türkei und neu in ihre Klasse kam, hat sich Emma eigentlich nur deshalb mit ihm beschäftigt, weil sie Klassensprecherin ist und nicht wollte, daß einer sich absondert und allein und verlassen auf dem Pausenhof herumsteht. Dann hat sie ihm Skateboardfahren beigebracht und gemerkt, daß er im Skateboardfahren große Klasse ist. Seitdem sind sie befreundet.

Willst du heute anfangen? erkundigt sie sich und hält ihm ihr Brett hin.

Yüksel hat kein eigenes Skateboard. Deshalb wechseln sie sich ab.

Sonst fängt er meistens an. Heute schüttelt er den Kopf: Du heute, sagt er.

Emma verbessert: Du mußt sagen ‚Fang du heute an'.

Yüksel nickt nur und schiebt den Kinderwagen mit der kleinen Schwester neben eine Parkbank in die Sonne. Er ist nicht sauer, weil Emma ihn verbessert. Er ist wirklich nur traurig. Emma verbessert ihn, weil er sie darum gebeten hat, gleich zu Anfang ihrer Freundschaft. Wie sollte er sonst lernen, Deutsch zu sprechen?

Den Ismet schickt er mit zwei Matchboxautos in den Sandkasten. Emma mag es nicht, wenn irgend jemand in ihrer Umgebung Trübsal bläst. Das hält sie nicht aus. Sie ist eine von denen, die gerne lachen. Deshalb stößt sie ihn etwas unsanft in die Rippen. He! sagt sie, was ist los mit dir?

Nix, antwortet Yüksel.

Dann zieh nicht so'n Flunsch! meint Emma entschieden und schwingt sich aufs Brett.

Hier im Park haben sie neben der Sandkiste und den Klettergeräten eine Skateboardbahn angelegt, sogar mit Sprungrampe. Yüksel kann etwas, worum Emma ihn bewundert: er kann die Sprungrampe hinauffahren und eine Kehrtwendung machen und wieder hinunterfahren.

Seit Tagen übt Emma das schon. Ohne großen Erfolg. Sie nimmt Anlauf, fährt die Rampe hinauf, versucht die Kehrtwende, verliert das Gleichgewicht, rutscht mit einem Fuß vom Brett, schlägt hin. Es gelingt ihr einfach nicht. So schnell gibt sie nicht auf und versucht es ein zweites Mal und ein drittes Mal. Jedesmal beißt sie die Zähne fester zusammen.

Nach dem vierten Sturz fährt sie zu Yüksel an den Bahnrand. Du mußt irgendeinen Trick dabei haben, sagt sie, zeig mir doch noch mal, wie du's machst. Ich schaff's nicht.

Kein Trick, antwortet Yüksel, ganz einfach. Ich dir vormachen.

Ich mache es dir vor, verbessert Emma. Deutsch muß wirklich eine schwere Sprache sein.

Yüksel wiederholt, was sie verbessert.

Ich mache es dir vor.

Na, denn man los!

Er nimmt Anlauf, und Emma sieht schon, daß er heute gar nicht so viel Schwung drauf hat wie sonst. Sie sieht ihn die Rampe hinauffahren, die Drehung ansetzen und dann: er kippt, fällt und schliddert die Holzrampe hinunter. Es sieht schlimmer aus, als es ist; der rechte Ellenbogen und das Knie sind aufgescheuert.

Emma läuft zu ihm und betrachtet den Schaden.

Da hast du aber Glück gehabt! sagt sie.

Und dann sieht sie, wie dem Yüksel auf einmal die Tränen übers Gesicht laufen.

Wehleidig ist er noch nie gewesen.

He, was ist los?

Er schämt sich, schnieft und wischt die Tränen mit dem Ärmel ab.

Nix, sagt er bockig.

Na, weißt du, sagt Emma, du hast doch was! Deiner Großmutter kannst du vielleicht ein X für ein U vormachen, aber doch nicht mir. Du hast überhaupt noch nie geheult, wenn du hingeknallt bist. Außerdem hab' ich dir immer schon gesagt, du sollst besser meine Schoner anziehen, aber du willst ja nicht.

Yüksel schüttelt nur den Kopf.

Mit mir nix los heute, sagt er, ich besser nach Hause gehen.

Emma verzichtet diesmal darauf, ihn zu verbessern. Fehler sind jetzt nicht so wichtig. Den Yüksel hat's wieder mal erwischt, denkt sie: das Heimweh frißt ihn auf.

Hör mal, sagt sie, wenn du Heimweh hast, dann brauchst du deshalb doch nicht gleich nach Hause zu rennen.

Er macht diese großen dunklen Traueraugen, die sie schon kennt, schüttelt zum x-tenmal den Kopf. Und dann sieht sie, wie er den protestierenden Ismet aus dem Sandkasten holt, hört, wie er auf den kleinen Bruder einredet. Verstehen kann sie nichts, weil er Türkisch spricht. Schließlich gibt Ismet klein bei und steckt mit trotzigem Gesicht die Autos in die Hosentasche.

Yüksel will also tatsächlich heim.

Emma ist enttäuscht. Sie hat sich so sehr auf diesen Nachmittag gefreut. Heute haben sie fast gar keine Hausaufgaben auf. Diesmal hätten sie den ganzen Nachmittag auf der Rampe üben können. Heute, hat sie gedacht, schaff' ich das mit der Kehrtwendung bestimmt! Und jetzt?

Komm, Yüksel, bittet sie, sei kein Spielverderber. So'n bißchen Heimweh, sagt sie, da mußt du doch drüber wegkommen.

Ich nix gut heute, antwortet er nur, und dann schiebt er mit Aishe und Ismet einfach los.

Obwohl sie ihn doch kennt und obwohl sie weiß, daß ihn das Heimweh immer wieder mal am Schlafittchen packt und der Yüksel dann von einem Moment zum anderen still und verschlossen ist, obwohl ihr das alles also nicht neu ist, reagiert Emma sauer. Allein auf der Rampe zu üben macht keinen Spaß.

Und außerdem, so murrt Emma in Gedanken vor sich hin, versteh' ich den Yüksel nicht. Dem geht es bei uns doch nicht schlecht. Das hat er selbst schon gesagt! Sein Vater verdient mehr Geld als daheim in der Türkei. Eigentlich müßte er doch zufrieden sein und das blöde Heimweh längst kleingekriegt haben.

Pampig wie eine beleidigte Leberwurst trottet Emma schließlich auch heim.

Und überhaupt! schimpft sie vor sich hin, der Yüksel tut ja gerade so, als ob's bei uns nicht schön wäre!

Das sagt sie sogar halblaut vor sich hin, als sie im dritten Stock die Wohnungstür aufschließt.

Inge, ihre Mutter, kommt dreimal die Woche erst gegen fünf von der Arbeit nach Hause. Also muß sie den Rest des Nachmittags allein verbringen. Das bißchen Hausaufgaben hat sie schon gemacht. Bleibt nur noch die Langeweile. Oder der Fernsehapparat.

Mal sehen, was sie heute nachmittag im Programm haben! Für Emma wird's diesmal ein Privatprogramm. So etwas hat es überhaupt noch nie gegeben.

2. Kapitel

Emma bekommt eine Gänsehaut und einen Flaschengeist frei Haus geliefert . . .

Na, da staunst du, was? sagt das kleine Kerlchen, und Emma traut ihren Augen und Ohren nicht.

So etwas hat sie überhaupt noch nie gesehen. Da sitzt einer, der nicht größer ist als ihr Unterarm, auf der linken Ecke des Fernsehapparates, hat die Beine übereinandergeschlagen und grinst.

Emma sagt zuerst einmal gar nichts. Es hat ihr sozusagen die Sprache verschlagen. Das Kerlchen grinst noch breiter und meint: So, so. Du verstehst also das Heimweh nicht, das den Yüksel plagt.

Entweder spinn' ich oder ich träume, denkt Emma und kneift sich kräftig mit Daumen und Zeigefinger in den rechten Oberarm. Das macht sie mit links, weil sie Linkshänderin ist.

Das Kneifen tut weh. Also muß sie wach sein. Aber so was gibt's doch gar nicht. Davon hat sie noch nie gehört, daß plötzlich ein winziges Kerlchen im blauen Anzug mit rot-blau gestreifter Krawatte und hellblauem Hemd auf der linken Ecke des Fernsehgeräts sitzt und aussieht wie ein verkleinerter Nachrichtensprecher. Nur die Haare passen nicht dazu, die sind nämlich karottenfarben. Nachrichtensprecher im Fernsehen haben keine karottenfarbenen Kopf- und Barthaare. Außerdem ist es barfuß. Aber, wer weiß, vielleicht sind alle Nachrichtensprecher barfuß. Ihre Füße sieht man ja nicht auf dem Bildschirm.

Emma spürt, wie sie ganz langsam überall am Körper eine Gänsehaut bekommt. Das ist jedesmal so, wenn sie anfängt, sich zu gruseln. Bei ihr ist das nämlich nicht so wie im Märchen: ihr muß das Gruseln nicht erst beigebracht werden.

Aber feige ist sie nicht. Sie wäre nicht Emma, wenn sie jetzt feige davonliefe.

Wenn du nicht träumst, sagt sie sich in Gedanken, dann spinnst du dir anscheinend ganz schön was zusammen. Am besten, du versuchst mal, ob du mit der seltsamen Figur da auf dem Fernseher nicht fertig wirst. Wahrscheinlich sitzt die gar nicht dort, sondern du bildest sie dir nur ein.

Am besten, du handelst erst einmal ganz praktisch, sagt sich Emma und drückt auf den Knopf der Fernbedienung. Vielleicht klappt es! Vielleicht läßt sich dieses Karottenkerlchen genauso wegschalten wie ein langweiliges Programm.

Emma schaltet also kurzentschlossen auf einen anderen Sender. Dort tummelt sich zwar ein netter Opa auf dem Bildschirm und zeigt, wie man gesund bleibt. Er läuft im Jogginganzug durch den Wald, so richtig todschick mit gelben Laufschuhen und so, aber an der seltsamen Erscheinung auf dem Fernseher ändert sich nichts.

Es ändert sich auch nichts an Emmas Gänsehaut.

Aber Emma gibt nicht auf. Dank der Fernbedienung verschwindet der laufende Opa, dafür schwimmt nun irgend jemand wie wild durch irgendein Wasserbecken, und der Reporter erzählt was vom Schwimmtraining der deutschen Nationalmannschaft.

Und das Karottenkerlchen sitzt noch immer auf dem Gerät, als sei das der selbstverständlichste Sitzplatz der Welt.

Kein normaler Mensch traut sich, sich einfach auf die

linke Ecke des Fernsehers zu setzen. Wenn Emma nur mal aus Versehen gegen das gute Stück rumpelt, murrt Peter, ihr Vater, schon. Schließlich hat das Ding eine ganze Menge Geld gekostet. Geschenkt wird keinem etwas. Schon gar kein Farbfernseher mit Fernbedienung und Videoanschluß.

Und außerdem sollte sie nachmittags gar nicht vor der Glotze sitzen, sagt Inge immer. Nachmittags soll sie raus an die frische Luft. Bloß weil Yüksel keine Lust hatte, hat sie sich vor den Fernseher gesetzt, mit der Fernbedienung herumgespielt und plötzlich so ein komisches Kerlchen im Wohnzimmer vor sich.

Gib dir keine Mühe, sagt es jetzt, mich kriegst du so nicht weg. Ich bin nun mal hier und bleibe auch hier.

Auf dem Bildschirm strampelt immer noch einer durchs Wasser.

Emma macht zum erstenmal den Mund auf. Aha! sagt sie nur, und dann handelt sie blitzschnell, schaltet das Gerät aus und glaubt, das Kerlchen überlistet zu haben.

Denkste! lacht es und sitzt immer noch da.

So nicht. So kriegt sie es tatsächlich nicht weg. Aber, wenn Inge und Peter erst heimkommen, dann wird es sich das vielleicht doch noch mal überlegen, ob es sich gehört, in fremde Wohnzimmer einzudringen und sich auf teure Farbfernsehgeräte zu setzen!

So teuer ist das Gerät gar nicht, sagt es, als ob es Gedanken lesen könnte, es kommt nur darauf an, was einer verdient und was er sich leisten kann. So schlecht verdient dein Vater gar nicht.

Aha! antwortet Emma verdutzt. Wieder bloß dieses Aha!

Nun sag endlich mal was anderes als aha, fordert es sie auf.

Was soll ich sonst antworten? denkt Emma und steckt erst einmal den Daumen in den Mund. Das beruhigt. Und außerdem läßt es sich mit Daumen im Mund besser nachdenken.

Das Kerlchen schüttelt belustigt den Kopf, nimmt das eine Bein vom anderen und fängt jetzt sogar an, mit beiden Beinen zu baumeln. Dabei schlägt es mit den nackten Fersen gegen die Bildschirmscheibe.

Nun stell dich bloß nicht so an, sagt es, ich weiß doch, daß du schon eine Menge Bücher gelesen hast.

Was du nicht alles weißt! Emma saugt noch heftiger am Daumen.

Jetzt sag nur nicht, fährt es fort, du hättest noch nicht die Geschichte mit dem Geist aus der Flasche oder mit Aladin und der Wunderlampe gelesen?

Emma nickt mit dem Daumen im Mund. Doch, antwortet sie und merkt, daß sie sich schon nicht mehr so sehr gruselt.

Na also! sagt das Karottenkerlchen und atmet auf. Dann muß ich mit meinen Erklärungen ja nicht bei Adam und Eva beginnen. Ich bin nämlich so einer.

Was für einer?

Natürlich keiner aus der Flasche oder aus einer Wunderlampe. Das wäre ja altmodisch. Nein, heute kommen die Geister zum Beispiel aus Fernsehapparaten, vor allem aus denen mit Fernbedienung, man muß nur entsprechend mit ihr umgehen.

So ist das also! Vor Überraschung zieht Emma den Daumen aus dem Mund. Gruselig ist's ihr kaum noch.

So ist das also. Sie hat weder eine verkorkte Flasche gefunden noch eine Öllampe, die sie zwischen den Händen hätte reiben müssen. Sie hat sich heute nachmittag bloß gelangweilt und mit der Fernbedienung rumgespielt, und schon hat sie einen Geist im Wohnzimmer.

Du bist ein echter Geist? fragt sie verdutzt. Wirklich so ein richtiger Geist aus der Flasche?

Nicht aus der Flasche, verbessert er, aber sonst schon ganz richtig.

Ein Flaschengeist also, murmelt Emma immer noch ganz verwundert vor sich hin.

Ein Fernsehgeist, verbessert er geduldig.

Egal, sagt Emma und betrachtet ihn nachdenklich, eigentlich habe ich mir Geister immer ganz anders vorgestellt, weißhaarig und mit langem Bart oder auch schwarzhaarig, jedenfalls mit Pluderhosen, Turban und einem wallenden Umhang. Auf keinen Fall rothaarig und im blauen Anzug. Schon gar nicht barfuß. Geister tragen Schnabelschuhe mit Goldschnallen drauf.

Die Zeiten für Geister haben sich geändert, versucht er zu erklären, schließlich lebst du nicht mehr im Zeitalter der Märchen, oder?

Märchenzeitalter? Gibt es so was denn?

Heute ersetzen die Filme im Fernsehen die Märchen, antwortet er.

Na ja, sagt Emma, auf jeden Fall habe ich mir Geister ganz anders vorgestellt, eher so wie Prinzen. Wie ein Prinz siehst du nicht gerade aus. Meinst du, solche Geister tauchen wieder auf, wenn man die Fernsehgeräte abschafft?

Vielleicht, antwortet er nur.

Schön wäre das schon, sinnt Emma vor sich hin, dann könnte ein Prinz kommen und nur mich heiraten wollen oder so was in der Art.

Ja, ja, meint das Karottenkerlchen und grinst wieder einmal von einem Ohr zum andern, dann könntest du aber auch einem Drachen zum Fraß vorgeworfen werden oder müßtest den Wassermann heiraten.

Igitt! Emma schüttelt sich.

Also, sagt es, gib dich mit mir zufrieden. Nicht jeder hat das Glück; sich einen dienstbaren Geist aus der Fernsehbedienung herbeizuzaubern.

Dienstbare Geister. So hat man früher die Dienstboten genannt, die Hausmädchen, Köchinnen, den Gärtner und die Putzfrau. Dienstbare Geister kann sich heute kaum noch jemand leisten, es sei denn, er ist ziemlich reich.

Reich ist Emma nicht. Nun ja, sie hat eine Menge Spielsachen und so. Aber mit drei Mark Taschengeld pro Woche ist sie ganz bestimmt nicht reich. Trotzdem hat sie nun einen dienstbaren Geist.

Einen, von dem sie sich etwas wünschen kann. Das weiß sie sehr genau aus den Büchern, die sie hat.

Solche Geister sind dazu da, Wünsche zu erfüllen.

Aber ehe sie ihm einen ersten Wunsch sagen kann, hört sie Inges Schlüssel in der Wohnungstür.

Wie schnell die Zeit vergangen ist!

Deine Mutter kommt heim, sagt das Karottenkerlchen. Es hat den Schlüssel auch gehört. Besser, ich verschwinde jetzt.

Und Emma traut zum zweitenmal an diesem Nachmittag ihren Augen nicht: das Kerlchen löst sich buchstäblich in Luft auf.

He! ruft sie, was ist mit meinen Wünschen?

Das Kerlchen ist schon verschwunden, aber Emma hört seine Stimme: Dreimal das SOS-Morsezeichen auf der Fernbedienung spielen, antwortet es, dann komme ich wieder.

3. Kapitel

Flaschengeister sind dazu da, Wünsche zu erfüllen. Emma läßt sich zu einem Wunsch überreden und tritt eine seltsame Reise an . . .

Das SOS-Morsezeichen also. Emma muß erst einmal im Lexikon nachschlagen. Aber dann klappt es. Dreimal SOS auf der Fernbedienung, und das Karottenkerlchen sitzt am nächsten Nachmittag wieder auf der linken Ecke des Fernsehgerätes.

Na? fragt es, was willst du?

Die Wünsche, antwortet Emma. Schließlich ist sie weder auf den Kopf noch auf den Mund gefallen, wie das in einer Redensart heißt.

Welche Wünsche? fragt es und tut so, als gehörten die Wünsche nicht zu einem echten Geist.

Davon läßt sich Emma nicht beeindrucken. Wenn er ein Geist ist, muß er ihre Wünsche erfüllen.

Deshalb sagt sie selbstsicher: Die an den Geist aus der Flasche oder an den aus der Wunderlampe von Aladin.

Ha, antwortet er und blickt nachdenklich auf Emma herunter. Du willst dir also etwas wünschen. Wäre es nicht besser, du würdest mir erst einmal einen Namen geben?

Wieso? Hast du noch keinen?

Du kannst mich nennen, wie du möchtest.

Komisch, denkt Emma, die meisten Geister haben doch einen Namen. Aber wenn er's unbedingt will, dann kriegt er eben einen von mir.

Am besten einen erfundenen Namen.

Aber so einfach ist es nicht, einen Namen zu erfinden. Emma ärgert sich ein bißchen. Eigentlich hatte sie sich eine zweite Skateboardausrüstung wünschen wollen. Für Yüksel. Und jetzt muß sie sich den Kopf wegen eines Namens zerbrechen. Na, schön, wenn er sie ärgern will, kann sie ihn ja auch ärgern, oder? Außerdem fällt ihr kein besserer Name ein. Mal sehen, ob er wütend werden kann.

Ich nenne dich Alete, verkündet sie.

Wieso denn Alete?

Jetzt ist endlich einmal die Reihe an Emma, von einem Ohr zum anderen zu grinsen. Nun ja, antwortet sie, von Alete gibt es ein Karottengemüse, das aussieht wie deine Haare.

Okay, er zuckt die Schultern, dann nenn' mich eben Alete.

Wütend scheint er nicht zu werden. Eigentlich müßte es ihn doch ärgern, mit einem Karottengemüse für Babys verglichen zu werden. Emma stochert nach: Es schmeckt scheußlich, finde ich, und es sieht scheußlich aus, finde ich, und es soll gar nicht gut sein, die Babys immer nur aus Gläsern vollzustopfen, sagt Inge.

Macht nichts! antwortet er seelenruhig, ich muß das Zeug ja nicht essen.

Er bleibt ganz ruhig und gelassen, und das gefällt Emma.

Außerdem ist dieser Name doof.

Nein, sagt sie, ich nenne dich Karottenkerlchen, was Besseres fällt mir einfach nicht ein.

Es ist auch damit einverstanden. Ihm scheint es ziemlich egal zu sein, wie es genannt wird.

Nicht egal ist ihm die Sache mit den Wünschen.

Emma hat überhaupt keine Gelegenheit, ihren Wunsch nach einer zweiten Skateboardausrüstung vorzubringen.

Kaum hat sie ihm einen Namen gegeben, fängt es auch schon mit Yüksel an.

Es erinnert sie daran, daß sie gestern sauer auf Yüksel war und sein Heimweh einfach nicht verstehen kann.

Was hältst du davon, erkundigt es sich, einmal in einem fremden Land zu leben?

Warum nicht? überlegt Emma. Sie ist immer schon neugierig gewesen, ganz schrecklich neugierig. Neugierig bis zum Platzen.

Warum nicht? antwortete sie deshalb und vergißt erst einmal ihren eigenen Wunsch, das ist 'ne prima Idee. Ich würde gern mal in die Türkei fahren. Zum Beispiel in den großen Ferien. Kannst du so einen Wunsch erfüllen?

Es nickt. Selbstverständlich kann es solche Wünsche erfüllen.

Ich meine aber nicht die Türkei, sagt es.

Warum nicht?

Das wäre nicht das gleiche, erklärt es. Der Yüksel und seine Familie sind nicht hier zum Ferienmachen. Es ist ein Unterschied, ob du in einem Land *lebst* oder dort nur Ferien machst.

Daran hat Emma überhaupt noch nie gedacht. Natürlich ist es ein Unterschied, ob sie nur für drei Wochen nach Österreich fährt oder Spanien oder in den Schwarzwald, oder ob sie dort leben muß. Obwohl sie sich das Leben in Österreich, zum Beispiel, recht gut vorstellen kann.

Aber Österreich ist nicht die Türkei. Die Türkei muß ganz anders sein als Deutschland. Österreich ist da schon etwas ähnlicher. In der Türkei gibt es zum Beispiel noch Dörfer, die arm sein sollen, und Familien, die noch richtig zusammen leben, mit Großeltern und Geschwistern und Onkeln und Tanten und allem Drum und Dran. Auch mit Hühnern und Schafen. In Deutschland gibt es so etwas nicht mehr. Hier kriegt man ja nicht einmal eine Wohnung, wenn man zu viele Kinder hat. Das hat Inge neulich gesagt.

Vielleicht hat das Karottenkerlchen recht. Vielleicht sollten sie mal als Gastarbeiter in die Türkei gehen?

Deshalb schlägt Emma vor: Wie wäre es, wenn Peter als Gastarbeiter in die Türkei ginge? Was hältst du davon? Dann würden wir doch tatsächlich dort leben, oder?

Sie ist sehr stolz auf diesen Einfall. Aber das Karottenkerlchen läßt ihn wie einen Luftballon zerplatzen, als piekste es mit einer Stecknadel hinein: Wer hat je davon gehört, sagt es und schüttelt lachend den Kopf, daß ein Deutscher als Gastarbeiter in die Türkei geht? Die haben doch gar keine Arbeit für ihn. Sonst könnten doch auch die Türken ihr Geld in der Türkei verdienen!

Leider hat es recht. Das muß Emma zugeben. Trotzdem würde sie gern einmal in die Türkei fahren. Das wäre doch ein Wunsch an ihren dienstbaren Geist, oder nicht?

Ja, ja, antwortet das Kerlchen und hat schon wieder ihre Gedanken gelesen, das wäre wirklich gar nicht so schlecht. Diesen Wunsch erfülle ich dir gern, für die großen Ferien, damit du das Land ein bißchen kennenlernst, nach dem der Yüksel so ein unbändiges Heimweh hat. Aber jetzt sind keine großen Ferien, deshalb mache ich dir einen anderen Vorschlag.

Plötzlich glaubt Emma, begriffen zu haben, worauf es hinauswill. Sie verschwendet keinen Gedanken mehr an die Skateboardausrüstung. Sie denkt überhaupt nicht mehr daran. Ihr ist, als hätten in ihrem Kopf nur noch die Ideen des Karottenkerlchens Platz.

Du meinst also nicht die Türkei, sagt sie, sondern ein anderes fremdes Land? erkundigt sie sich.

Es nickt und blickt sie ernst und forschend an, sagt aber nichts.

In ein fremdes Land, fährt Emma fort und spinnt den Gedanken weiter, den sie im Kopf hat, in dem der Peter als Gastarbeiter gebraucht wird und in dem es *mir* so geht wie dem Yüksel hier?

Davor hat sie keine Angst, wenigstens nicht im Augenblick. Dem Yüksel geht es ja nicht schlecht. Dem geht es hier doch besser als daheim in der Türkei. Oder etwa nicht? Was kann also schon passieren, wenn sie sich so etwas wünscht?

Warum nicht, sagt sie deshalb, warum soll ich mir das nicht von dir wünschen? Okay, ich bin einverstanden!

Das Kerlchen oben auf dem Fernsehgerät fängt an zu strahlen, lacht, klatscht vor Freude in die Hände, trommelt mit den Fersen gegen den Bildschirm und ruft: Emmamädchen, du bist das beste Kind, das mir während der letzten Monate in die Fernbedienung geraten ist!

Wieso denn das? fragt Emma etwas verdutzt. So einen Freudenausbruch hat sie nicht erwartet. Der tut ja gerade so, als hätte sie ihm ein Riesengeschenk gemacht. Trotzdem ist sie stolz auf sich selbst. Jede hört es gern, wenn sie die Beste sein soll.

Auf ihre Frage antwortet das Karottenkerlchen nicht. Dafür klatscht er ein zweitesmal in die Hände, jetzt wieder ernst und auch ein bißchen eifrig. Dieses zweite In-die-Hände-Klatschen erinnert Emma an einen Film, den sie neulich im Fernsehen gesehen hat. So klatschen Leute in die Hände, die ihre Dienerschaft herbeirufen.

Na, dann wollen wir mal! sagt es.

Was?

Es kann losgehen!

Was kann losgehen?

Dieses Es-kann-losgehen hat es sehr entschieden gesagt. So, als würde es keine Widerrede dulden. Emma spürt, wie sie ein klein wenig ängstlich wird. Was hat es vor? Schön und gut, sie ist einverstanden, in einem fremden Land zu leben. Aber doch nicht so schnell. Nicht Hals über Kopf. Nicht von einem Augenblick auf den anderen. So doch nicht.

Jetzt sagt es auch noch: Na, komm schon! und streckt ihr auffordernd die Hand entgegen.

Wir machen uns nun auf die Reise, sagt es.

Es will mich überrumpeln, denkt Emma und spürt die Angst und wehrt sich. Nein! Nein! protestiert sie: Das geht doch nicht. Was werden Inge und Peter sagen, wenn sie von der Arbeit heimkommen und ich bin nicht mehr da?!

Laß das nur meine Sorge sein.

Emma schüttelt hartnäckig und abweisend den Kopf. Sie will nicht nach der ausgestreckten Hand greifen. Nein.

Dabei sucht sie fieberhaft nach einer guten Ausrede. Außerdem muß ich sowieso erst noch packen! Man verreist doch nicht, ohne vorher Koffer zu packen!

Koffer packen! Dagegen soll es etwas sagen! Dagegen kann kein vernünftiger Mensch etwas sagen. Emma atmet auf. Eine gute Ausrede! Gerade noch rechtzeitig. Es geht ja nur darum, ein bißchen Zeit zu gewinnen.

Kofferpacken! Das Karottenkerlchen schmunzelt, nimmt aber die ausgestreckte Hand nicht zurück: Du brauchst keinen Koffer zu packen.

So ein Unsinn. Natürlich muß ich Koffer packen.

Nein, nein. Glaub mir. Es geht ohne Koffer. Aber weil du es bist, darfst du ein Lieblingsspielzeug mitnehmen.

Wie bitte? Nur *ein* Spielzeug?! Der hat wohl nicht mehr

alle Tassen im Schrank. Wer hat denn je davon gehört, daß man nur mit einem Spielzeug verreist?

Nun mach schon, drängt das Karottenkerlchen, sag schon, was du mitnehmen willst. Beeil dich, Emma, sonst ist es zu spät und du hast gar nichts dabei.

Der Tonfall seiner Stimme ist verändert. Jetzt spricht es wie einer, der es gewohnt ist, anderen Leuten Befehle zu erteilen.

Emma fühlt sich eingeschüchtert. Ihr wird ein bißchen mulmig im Magen, wie beim Achterbahnfahren.

Nun mach schon! drängt es zum zweitenmal.

Keine Widerrede hilft, kein Sträuben, kein Protest. Rasch und ohne lange nachzudenken, antwortet sie: Meine Skateboardausrüstung.

In diesem Moment hätte sie sich am liebsten vor Angst unterm Tisch verkrochen oder in die Hose gemacht. Aber eine Zehnjährige tut so etwas längst nicht mehr.

Sie hört noch, wie es sagt: Du brauchst keine Angst zu haben, Emma! Und sie merkt, wie es sie auf einmal an der Hand hält, obwohl sie nicht vom Fernsehsessel aufgestanden ist. Sie hat ihm ihre Hand nicht gegeben.

Von der Reise weiß sie hinterher nur noch, daß es unentwegt gerauscht hat, so, wie im Fernsehen, wenn es eine Sendestörung gibt.

4. Kapitel

Es sieht so aus, als hätte Emma die Reise unbeschadet überstanden, aber in Inges und Peters Kopf scheint irgend etwas durcheinandergeraten zu sein . . .

Als Yüksel aus der Türkei nach Deutschland kam, ist er wahrscheinlich mit dem Flugzeug geflogen oder mit dem Auto oder der Bahn gefahren.

Emma hat keins dieser Flieg- und Fahrzeuge benutzt. Sie ist sozusagen Hals über Kopf und auf wundersame Weise verreist. Ja, und nun steckt sie sozusagen von einem Moment zum anderen mittendrin in einer Märchenstunde oder in einer verrückten Geschichte, oder in der Patsche. So genau weiß sie das noch nicht.

Auf jeden Fall sieht alles so aus, als wäre es Wirklichkeit.

Und sie fühlt sie selbst auch ganz wirklich.

Sie kneift sich, lacht, steckt den Daumen in den Mund, und alles stimmt. Das Kneifen tut weh, das Lachen hört sie und spürt es in den Gesichts- und Bauchmuskeln, der Daumen schmeckt wie jeden Tag. Vor Aufregung fängt sie sogar an zu weinen. Sie weint nur selten. Mit dem Handrücken wischt sie sich die Tränen ab, sagt sich: Hör auf zu heulen, bist doch kein Baby!

Sie schnieft kräftig, natürlich hat sie kein Taschentuch dabei. Das kommt davon, wenn einem noch nicht mal das Kofferpacken erlaubt wird.

Dafür hält sie jedoch das Skateboard unterm Arm, der Sturzhelm sitzt etwas schief auf dem Kopf, und die Knie-

und Ellenbogenschoner sind nur notdürftig festgezurrt. Aber immerhin: Ihr letzter Wunsch ist erfüllt.

Moment mal, sagt sie sich, letzte Wünsche haben Leute, die zum Tode verurteilt sind oder so ähnlich. Sie kennt das doch aus Fernsehfilmen. Und sie ist schließlich nicht zum Tode verurteilt oder so. Also war das wohl auch kein sogenannter letzter Wunsch. Im Gegenteil, sie hat gerade eben erst mit mehreren Versuchen bewiesen, daß sie ganz schön lebendig ist. Quicklebendig. Und alles ist noch dran, was sie so zum täglichen Leben braucht: Arme, Beine, Kopf, Bauch und der Mund, nichts ist kaputt oder angeknackst.

Lebendig und wohlauf steht sie hier in einer fremden Wohnung am Fenster. Weit unten ist eine breite Straße ohne Bäume. Sie kann kaum einen Menschen erkennen, aber eine Menge Autos, die von hier oben recht winzig aussehen. Auf der Straßenseite gegenüber steht ein Hochhaus neben dem anderen. Soviel Glas und Beton hat sie überhaupt noch nicht auf einem Haufen gesehen.

Ob er sie nach Amerika gebracht hat? Wo ist dieser winzige Karottenmensch eigentlich abgeblieben?

Weg. Wie vom Erdboden verschwunden.

Du brauchst keine Angst zu haben, hat er noch gesagt, ehe sie auf die Reise gingen.

Nun, das da unten sieht nicht so aus, als müßte sie Angst davor haben. Ja, wenn es hier aussähe wie in einer Geisterbahn, wenn hinter jeder Straßenecke ein Ungeheuer lauerte, zum Beispiel grüne Skelette und feuerspeiende Drachen, ja, dann hätte sie vielleicht Angst. Auf jeden Fall würde sie sich gruseln. Aber so? Hier gibt's doch gar nichts, wovor sie Angst haben könnte. Straßen, Autos, Menschen, Häuser. Wie daheim. Nein, fast wie daheim. Es könnte tatsächlich Amerika sein.

Amerika steht voller Hochhäuser, so stellt es sich Emma wenigstens vor. Das wäre gar nicht schlecht. Schließlich lernt sie seit einem Jahr Englisch in der Schule und kann schon etwas mehr als nur yes und no und I love you.

Amerika! Das ist ja eine tolle Reise. Da hat sie sich mit ihrer Angst wirklich dumm angestellt.

Nur: Was um Himmels willen werden Inge und Peter sagen, wenn sie Emma nicht mehr zu Hause vorfinden? Sie werden sich Sorgen machen.

Moment mal. Sind das nicht ihre Stimmen? Emma hört sie ganz deutlich. Draußen vor der Zimmertür. Diese Geschichte wird ja immer verrückter!

Emma überlegt nicht lange und horcht nicht lange. Sie stürzt zur Tür und reißt sie auf. Tatsächlich: Draußen auf dem kleinen Wohnungsflur sind Inge und Peter damit beschäftigt, Koffer auszupacken. Wie kommen die hierher? Und wieso haben sie Koffer dabei?

Darüber kann sie nachher noch nachdenken. Im Moment freut sich Emma unbändig, die beiden zu sehen und nicht allein zu sein.

He! schreit sie und stürzt erst auf Inge und dann auf Peter zu, fällt erst Inge und dann Peter um den Hals und klammert sich an jedem fest wie ein Äffchen, küßt beide stürmisch überall aufs Gesicht. Sie führt sich auf, als hätte sie ihre Eltern monatelang vermißt. He! sagt sie immer wieder, He! Toll, daß ihr hier seid! He! Bin ich froh!

Dabei hängt sie immer noch wie ein Klammeraffe an Peters Hals und wundert sich erst, als Inge ihr beruhigend über den Kopf streichelt und besorgt fragt: Was ist los mir dir? Hast du Fieber?

Warum sollte sie Fieber haben? Sie freut sich doch nur!

Jetzt wird sie auch von Peter beruhigend gestreichelt. Na,

du Spitzmaus, sagt er, du scheinst ja von der Reise noch ganz schön durcheinander zu sein.

Emma lockert ihren Klammergriff und rutscht an Peters Körper entlang auf die eigenen Füße, steht zwischen den beiden und guckt erstaunt von einem zum andern. Irgend etwas stimmt hier nicht.

Wahrscheinlich hast du nur schlecht geträumt, meint Inge und will Emma ein zweitesmal streicheln, aber Emma weicht aus. Sie will nicht gestreichelt werden. Sie will wissen, was hier gespielt wird.

Und überhaupt, sagt Peter, seit wann schläfst du in deiner Skateboardmontur? Das muß doch ganz schön unbequem sein.

Ich habe gar nicht geschlafen! antwortet Emma trotzig.

Die zwei lachen, und Peter legt die Hand auf ihre magere Schulter.

Spitzmaus, sagt er, du *hast* geschlafen. Das weiß ich hundertprozentig. Als wir ankamen, warst du zum Umfallen müde und bist gleich ins Bett gekrochen, und vor fünf Minuten hat Inge in dein Zimmer geguckt, und du hast dort eingerollt gelegen wie ein Igel.

Sie tun ja so, überlegt Emma, als sei es das Selbstverständlichste von der Welt, in einem fremden Land und in einer fremden Wohnung zu leben. Dabei weiß ich ganz genau, daß ich eben noch zu Hause im Wohnzimmer vor dem Fernseher gesessen habe.

Eigentlich müßten die beiden doch verstört sein, weil sie im einen Augenblick noch daheim und im nächsten hier waren. Aber sie sind nicht verstört. Im Gegenteil, sie erzählen etwas von einer Reise und davon, daß Emma gerade noch geschlafen habe.

Vielleicht hilft eine nüchterne Frage.

Wo sind wir hier eigentlich? fragt Emma.

Inge und Peter werfen sich einen Blick zu, den Emma schon kennt. Das arme Kind, heißt dieser Blick. Und Peter legt nun den Arm ganz um ihre Schultern.

Du bist wirklich noch ganz schön durcheinander, sagt er, wir sind in Tamerland. Das weißt du doch. Seit fast einem Jahr sind wir mit nichts anderem beschäftigt als damit, die Übersiedlung nach Tamerland vorzubereiten.

So ein Quatsch! denkt Emma. Seit einem Jahr! Höchstens seit einer Stunde! Schließlich hat *sie* mit dem komischen Kerlchen aus der Fernbedienung das ganze vorbereitet, aber nicht Inge und Peter. Nicht sie, sondern die beiden scheinen ganz schön durcheinander zu sein.

Ja, Peter tut nun sogar so, als hätte er ihren Umzug lange und mühsam vorbereitet. Als sei es schwierig gewesen, einen Arbeitsplatz und eine Wohnung zu finden, die Einreisepapiere zu bekommen und die Arbeitserlaubnis.

Daran kann nur das Karottenkerlchen schuld sein. Es hat den beiden diese fixe Idee in den Kopf gesetzt. Irgendwie hat es in ihren Köpfen etwas umgekrempelt, das Gedächtnis und die Erinnerung oder so. So, wie man ein Kleidungsstück von links nach rechts krempelt, ehe man es anzieht. Möglicherweise hat es sie all das mit der Arbeitserlaubnis, der Wohnungssuche, der Einreise und Emmas Schlaf träumen lassen, damit sie jetzt glauben, sie würden sich an all diese Dinge tatsächlich erinnern?

Wie dem auch sei. Auf jeden Fall haben sie hier in diesem Tamerland eine Wohnung und Peter hat eine Arbeit, mit der er viel mehr Geld verdient als zu Hause. Das sagt er wenigstens. Dafür muß er zwar in der Fabrik arbeiten, weil sie ihn in seinem Beruf als Architekt nicht brauchen können, aber das scheint ihm nichts auszumachen.

Und Inge will auch versuchen, eine Arbeit im Büro zu finden. Schließlich ist sie daheim Sekretärin gewesen.

Und Emma soll ab Montag in die Schule gehen.

Das alles hört sich beinahe an wie eine ganz alltägliche Geschichte.

So, als ob alles Wirklichkeit wäre.

Die Wohnung ist auch nicht schlecht. Jeder hat ein eigenes Zimmer. Und jedes Zimmer hat einen eigenen Fernsehapparat. Nur Inge und Peter mosern, weil sie nicht in zwei verschiedenen Zimmern schlafen möchten.

Kommt gar nicht in Frage! protestierte Inge, daß ich alleine schlafen soll. Erstens habe ich abends immer so kalte Füße, und zweitens brauche ich den Peter einfach zum Kuscheln und Schmusen, sonst kann ich nicht einschlafen.

Da Emma inzwischen davon überzeugt ist, daß die beiden es wirklich nicht besser wissen, spielt sie nun mit. Sie tut so, als seien sie wirklich zu dritt hergereist, damit Peter hier gastarbeiten kann.

Und ich? fragt sie deshalb ganz ernsthaft. Wer wärmt mir die Füße? Ich muß auch allein im Bett liegen.

Als würden sie alle drei ein Spiel spielen, gibt Peter seine übliche Antwort darauf: Wenn du erst mal so groß bist, daß du nicht mehr am Daumen lutschst, dann löst sich dieses Problem ganz von selbst.

Er meint, Daumenlutschen sei ein Scheidungsgrund. Wenn Inge anfinge, Daumen zu lutschen, würde er Reißaus nehmen. Dann schon lieber Schnarchen.

Inge empört sich: Ich schnarche nicht!

Na ja, antwortet Peter, du bist zwar keine Motorsäge, aber eine kleine Laubsäge bist du schon.

Kurzentschlossen tragen die beiden Peters Bett in Inges

Zimmer hinüber. Das heißt, sie transportieren nur Peters Matratze, weil die Betten fest in der Wand verankert sind. Inge legt ihre Matratze neben Peters Matratze auf den Boden. So, meint Peter und reckt und streckt sich wie morgens nach dem Aufstehen, jetzt fühle ich mich richtig wohl.

Obwohl es erst vier Uhr nachmittags ist, wird es draußen schon dunkel. Ziemlich dunkel sogar.

Was für ein komisches Land ist dieses Tamerland? Daheim ist jetzt Sommer. Die Sonne geht erst unter, wenn Emma längst im Bett liegt, damit sie morgens nicht im Unterricht einschläft.

Nur im tiefsten Winter geht die Sonne gegen vier Uhr unter. Und dann ist es kurz vor Weihnachten.

Beim Abendessen erkundigt sie sich deshalb, welche Jahreszeit sie in Tamerland haben.

Immer die gleiche, antwortet Inge, das haben wir doch alles in unseren schlauen Büchern nachgelesen. In Tamerland gibt es nur eine Jahreszeit. Kühles und trübes Wetter, ähnlich wie bei uns im Winter. Deshalb haben wir es ja auch Winterland genannt.

Geht die Sonne immer so früh unter?

Ja, sicher. Und morgens wird es erst gegen acht Uhr hell.

Deshalb doch auch die Heizungen, erklärt Peter, meinst du, es gäbe in jedem Zimmer zwei Heizkörper, wenn die nicht notwendig wären?

Was für ein ungemütliches Land.

Wäre es nicht besser gewesen, nach Amerika zu gehen? fragt Emma.

Amerika! Peter verschluckt sich fast an dem Bissen Brot, den er gerade in den Mund geschoben hat. So viel wie hier könnte ich in Amerika niemals verdienen. Viele Menschen in Amerika sind arbeitslos und hungern. Hier hungert niemand. Es geht allen gut. Und uns wird es auch ganz prächtig gehen. Das bißchen Kälte und Dunkelheit, damit werden wir schon fertig. Daran gewöhnt man sich.

Ob man sich auch an dieses seltsame Brot und diese komische Wurst gewöhnt? Emma kaut und kaut an ihrem Wurstbrot, aber es schmeckt überhaupt nicht nach Brot oder Wurst. Es sieht so aus, ja. Aber eigentlich schmeckt's nach Plastik. Sie zieht ein Gesicht und schiebt den Bissen im Mund hin und her.

Schmeckt's dir nicht? fragt Inge.

Nee. Ganz und gar nicht.

Andere Länder, anderes Essen, tröstet Peter und kaut und schmatzt, als würde es mit diesen Eßgeräuschen besser schmecken.

Inge gibt wenigstens zu, daß sie dieses Abendessen auch nicht gerade großartig findet. Nun ja, meint sie, ich hab' heute auf die Schnelle eingekauft. In einem der unterirdischen Einkaufszentren. Vielleicht muß ich nur einen kleinen Laden finden. Dort gibt es sicher auch anderes Brot und so.

Diese unterirdischen Einkaufszentren werden Emma bestimmt gefallen, davon ist Peter überzeugt. Die sind genauso wie in Amerika, mit großen Glasdächern, damit Licht hereinfällt, mit Bäumen, Springbrunnen, Spielplätzen und jede Menge Läden. Wer nicht will, muß überhaupt nicht mehr ins Freie. Wir können von der Wohnung aus in die Tiefgarage mit dem Lift fahren, dort ins Auto steigen, im nächsten Einkaufszentrum in der Tiefgarage einparken und mit dem Lift zu einer der Einkaufsetagen kommen. Und alles schön geheizt, gut belüftet und hell erleuchtet. Du wirst staunen. In einem der Zentren gibt es sogar eine große Eisbahn.

Emma legt zweifelnd den Kopf schief. Sie weiß noch nicht, ob ihr überhaupt irgend etwas in diesem Land gefallen wird. Das Abendessen gefällt ihr zum Beispiel gar nicht. Es gefällt ihr auch nicht, daß Peter so begeistert von Tamerland ist.

Was für eine Sprache sprechen sie denn hier? erkundigt sie sich.

Natürlich Tamerisch. Das hätte sie sich denken können. Peter hat einige Brocken Tamerisch gelernt. Er sagt etwas. Emma versteht nur Bahnhof. Inge meint, das würden sie beide schon noch lernen. Sie kann auch nur guten Tag und auf Wiedersehen und danke und bitte sagen. Für Emma klingt es wie Kauderwelsch. Diese Sprache scheint aus lauter Au's zu bestehen.

Auschauschau, behauptet Inge, heißt danke schön.

Nein, danke, sagt Emma. Dabei breche ich mir ja die Zunge ab. Und bockig fügt sie hinzu: Ich gehe jede Wette ein, dieses Tamerland ist auf keiner Landkarte zu finden!

5. Kapitel

Vielleicht ist es einfach, in eine unglaubliche Geschichte hineinzugeraten; wieder aus ihr herauszufinden ist schwerer, als Emma es sich vorstellt . . .

Jede Wette, murrt Emma abends im Bett vor sich hin und drückt dreimal das SOS-Morsezeichen in die tamerländische Fernbedienung, weil sie diesem verrückten Karottenkerlchen ordentlich die Meinung sagen will. Jede Wette, auch die um meine Skateboardausrüstung, dieses Tamerland ist in keinem Atlas, auf keiner Landkarte, keinem Globus und in keinem Lexikon zu finden. Dieses Land gibt's gar nicht.

Richtig, gibt es zu und grinst.

Es funktioniert also auch in Tamerland. Plötzlich sitzt es herbeigezaubert auf der linken Ecke des Fernsehgeräts. Diesmal jedoch nicht im Wohnzimmer, sondern auf Emmas Fernseher.

Vergnügt fragt es: Du wolltest mit mir reden?

In Tamerland auf Fernsehgeräten herumzusitzen, muß ziemlich unbequem sein. Sie sind sehr viel schmaler als die daheim.

Ihm scheint das nichts auszumachen.

Es gibt also zu, daß dieses Tamerland ein Phantasieland ist. Trotzdem hat es Inge und Peter so die Köpfe verdreht, daß sie glauben, es gäbe dieses Tamerland!

Wie es das nur macht?

Vielleicht mit so einer Art Hypnose. Oder es hat sie alle

drei in tiefen Schlaf versetzt, und sie träumen das alles nur. Es passiert gar nicht in Wirklichkeit.

Du wolltest mit mir reden? wiederholt das Karottenkerlchen.

Ich wollte mich beschweren, antwortet Emma.

Beschweren?

Davon war nicht die Rede, daß du uns in ein Phantasieland versetzt!

Wer sagt denn, daß es ein Phantasieland ist? Kneif dich mal, und du spürst ganz genau, wie's weh tut!

Ich wollte mich beschweren, und das tue ich jetzt, sagt Emma sehr laut und sehr entschieden. Diesmal ist sie diejenige, die keine Widerrede duldet.

Worüber möchtest du dich denn beschweren?

Zum Beispiel über die Sprache! Du hättest dir wirklich ein anderes Land aussuchen können, eines, das allgemein bekannt ist, zum Beispiel Afrika oder Japan oder so.

Klar doch! antwortet es und scheint ernsthaft auf ihre Beschwerde einzugehen: Du sprichst ja auch perfekt Bambala!

Was ist denn das nun schon wieder?

Eine Stammessprache aus Mali.

Aha!

Außerdem sprichst du ja auch perfekt Japanisch, fährt es fort.

Es macht sich lustig über sie!

Quatsch! antwortet Emma ärgerlich. Aber, wie wär's zum Beispiel mit Amerika? Hättest du uns nicht nach Amerika versetzen können, auch wenn Peter behauptet, die hätten dort keine Arbeit mehr und die Arbeitslosen würden hungern und frieren?

Warum willst du denn unbedingt nach Amerika?

Wegen der Sprache!

Hm, macht es nur. Wenn ich mich richtig erinnere, hast du in der letzten Englischarbeit einen Vierer gehabt.

Über ihre Noten weiß es also auch Bescheid! Das wird ja immer schöner. Den Vierer muß sie leider zugeben. Sie gibt ihn ziemlich sauer zu, weil sie sich selbst darüber ärgert. Der Ärger kocht langsam in ihr über wie das Breitöpfchen aus dem Märchen. Inzwischen ist sie sicher, daß es sich über sie lustig macht. Deshalb versucht sie, es direkt anzugreifen. Angriff ist die beste Verteidigung, sagt Peter oft.

Und was hast du in Inges und Peters Kopf angestellt? fragt sie. Das paßt mir gar nicht, daß du die Köpfe meiner Eltern verdrehst. Das haben wir auch nicht ausgemacht.

Darauf antwortet das Kerlchen nicht, statt dessen fängt es wieder mit Yüksel an. Der hätte auch nur Türkisch gekonnt, als er nach Deutschland kam.

Emma hält sich die Ohren zu. Sie will nichts mehr von Yüksel hören. Sie hat die Nase voll.

Hör auf! Hör auf! Hör auf! sagt sie.

Es hört jedoch nicht auf, lacht auch noch und meint, sie müsse sich nur noch den Mund zuhalten und die Augen, dann hätte sie Ähnlichkeit mit den drei Affen, die nichts sehen, nichts hören und nichts sagen.

Empört schreit Emma: Ich laß mir doch nicht den Mund verbieten!

Insgeheim hofft sie dabei, Inge und Peter könnten sie schreien hören. Sie kämen ins Zimmer, würden das Karottenkerlchen sehen, und vielleicht wären sie dann alle drei schlagartig wieder zu Hause. Vielleicht ist das Karottenkerlchen so etwas wie ein Zauber, der gebrochen wird, sobald Erwachsene ihn entdecken?

Aber das Karottenkerlchen liest auch die Gedanken, die sie eigentlich vor ihm verstecken möchte.

Sie schlafen schon, sagt es, und hören dich nicht. Außerdem schreit man nicht so. Man lacht nicht, man weint nicht und man schreit nicht in Tamerland.

Emma ist jetzt so zornig, daß sie ihn wütend nachäfft: Man lacht nicht, man weint nicht und man schreit nicht in Tamerland. Warum denn nicht? will sie wissen, habt ihr keine Gefühle?

Doch. Jeder Mensch hat Gefühle. Aber ein zivilisierter Mensch zeigt seine Gefühle nicht, und die Menschen in Tamerland sind außerordentlich zivilisiert. Jedes Kind in Tamerland lernt von kleinauf, sich richtig zu benehmen.

Wenn ihr Englischlehrer daheim anfängt, von England zu schwärmen, hört sich das ähnlich an. Jedes Jahr in den Sommerferien fährt er dorthin und behauptet steif und fest, für einen Englandurlaub sei nichts wichtiger als die unregelmäßigen Verben. Deshalb müßten sie pauken, pauken und noch mal pauken. Sie wußte gar nicht, daß dienstbare Geister Ähnlichkeit mit Englischlehrern haben.

Wie dem auch sei, es gefällt ihr nicht in Tamerland. Sie hat keine Lust hierzubleiben.

Hör mal, sagt sie, es tut mir leid, daß ich dich angeschrien habe. Ehrlich. Ich möchte auch gar nicht mit dir streiten. Ich möchte nur nach Hause.

So mühelos, wie es sie von dort nach hier versetzt hat, müßte es sie auch von hier nach dort zurückbringen können.

Nein, antwortet es, so einfach ist das nicht. Du hast freiwillig zugestimmt hierherzukommen. Also wirst du erst einmal hierbleiben müssen. Es sei denn, es gelingt dir, drei Aufgaben zu lösen.

Wie bitte? Was hat es gesagt?

Das klingt ja wie aus Grimms Märchen. So etwas kann doch nicht wahr sein. Träume ich oder bin ich wach?

Nein, du träumst nicht, antwortet es. Erst wenn du die drei Aufgaben gelöst hast, kann ich dich wieder zurückbringen.

Das kann doch nicht wahr sein, was es da sagt! Ich glaub', mich laust der Affe! denkt Emma.

Dich laust kein Affe, antwortet es.

Diese dumme Gedankenleserei. Am liebsten würde sie es auf den Mond oder sonstwohin schießen, wenn das möglich wäre. Ja, und wenn sie nicht auf einmal so schrecklich müde wäre.

Hör gut zu, sagt es, die erste Aufgabe besteht darin, mir einen Apfel zu bringen. Die zweite darin, drei Freunde in Tamerland zu finden, und als dritte Aufgabe fordere ich von dir, das Heimweh kleinzukriegen.

Komisch, daß sie auf einmal so müde ist. Sie kann kaum noch die Augen offenhalten.

Was hat es gesagt? Sie muß Äpfel finden, ihm ihr Heimweh bringen und drei Freunde kleinkriegen?

Nein. Umgekehrt. Oder vielmehr: andersherum.

Ach, sie ist schrecklich müde. Am liebsten würde sie sich ausstrecken und einschlafen.

Aber, das geht doch nicht. Wenn sie jetzt einschläft, dann hat es sie zum zweitenmal überrumpelt.

Das geht doch nicht: Er ist doch ihr dienstbarer Geist! Er kann doch nicht einfach seine Dienste verweigern. Seit wann dürfen Flaschengeister oder solche aus der Fernbedienung streiken? Sie hat davon gehört, daß zum Beispiel die Drucker und Setzer streiken. Dann erscheint nämlich keine Zeitung. Aber von einem Flaschengeisterstreik hat sie noch nie gehört. Dieser Gedanke macht sie wieder wach.

Emma ist fest entschlossen, so schnell nicht aufzugeben. Ich habe noch nie in einem Märchen gelesen, behauptet sie und weiß nicht genau, ob diese Behauptung auch stimmt, aber sie will alles daransetzen, sofort nach Hause zurückzukehren, die Geschichte wird ihr unheimlich. Ich habe noch nie gelesen, daß sich ein dienstbarer Geist dem Wunsch seines Herrn oder seiner Herrin widersetzen kann.

Ja, ja, antwortet er, das sind die alten Geschichten! Sagt es und hüpft vom Fernsehgerät auf den Teppichboden. Wirklich, er ist nicht größer als Emmas rechter Unterarm. Mit dem Kopf reicht er gerade bis zur Bettkante. Emma blickt auf ihn hinunter.

Du bist doch mein dienstbarer Geist! sagt sie. Du mußt doch alles so machen, wie ich es haben will! So steht es in den Geschichten von Flaschen- und anderen Geistern.

Vielleicht, antwortet er, haben sich die Bedingungen für dienstbare Geister inzwischen geändert?

Emma kommt es vor, als wüchse er. Sie ist ganz sicher: eben hat er das Kinn noch nicht auf die Bettkante legen können! Schließlich gibt es auch keine Drachen und Frösche mehr, die sich unerwartet in gutgewachsene Prinzen verwandeln, fährt er fort. Sei nur froh, sagt er, daß du nicht mehr die Gretel vom Hänsel sein kannst oder das Schwesterchen vom Brüderchen.

Na ja, murmelt Emma, die wieder schläfrig wird und sich nicht mehr dagegen wehren kann.

Er wächst tatsächlich. Er hat schon die Länge ihres ganzes Arms erreicht.

Na ja, murmelt Emma, Gott sei Dank gibt es auch keine Stiefmütter mehr mit vergifteten Äpfeln.

Und der Wolf kann dich auch nicht mehr fressen, weil es keine kleinen Mädchen mehr gibt, die mit roten Kappen alleine durch den Wald zur Großmutter laufen müssen.

Unsinn, murmelt Emma und gähnt dabei heftig, natürlich gibt es noch kleine Mädchen, rote Kappen und Wälder und sogar Wölfe, wenigstens in Sibirien!

Sie ist sehr müde, die Augen fallen ihr bereits zu. Deshalb blinzelt sie nur noch einmal zu ihm hin. Sie ist neugierig und sie will wissen, wie groß er inzwischen geworden ist. Was sie da neben ihrem Bett sieht, läßt sie die Augen weit aufreißen. So weit, daß sie wie zwei braune Glasmurmeln aussehen. Aus dem Karottenkerlchen ist ein baumlanger Kerl geworden, mindestens einsneunzig.

Und der baumlange Kerl sagt ganz freundlich: Ja, du hast schon recht. Trotzdem könnte die Geschichte von Rotkäppchen heute nicht mehr so passieren wie damals.

Emma starrt ihn immer noch an, bekommt aber kein Wort heraus.

Weil die Großmütter, sagt er, heutzutage meistens in Ein-Zimmer-Apartments im Altersheim wohnen. Hast du schon mal von einem Wolf gehört, der eine Großmutter im Ein-Zimmer-Apartment frißt?

Emma ist zu müde, darauf zu antworten. Ehe sie fest und tief einschläft, erinnert sie sich daran, daß Inge und Peter morgen mir ihr in den Zoo gehen wollen. Auch so eine verrückte Idee von den beiden. Als ob sie noch ein Kleinkind wäre!

Sie ist weder die Gretel vom Hänsel noch Rotkäppchen, noch ein Kleinkind.

6. Kapitel

Es geht um einen Zoo, einen Apfel und die Frage, ob Emma ihre Lieblingsjeans ablegen soll . . .

Anscheinend wohnen hier nicht nur Großmütter in Ein-Zimmer-Apartments, auch die Affen und Elefanten, die Zebras und Nashörner, auch Papageien und Wellensittiche, Schlangen und Krokodile. Jedes Tier hat sein eigenes Gehäuse. Im Zoo von Tamerland leben sie hinter Glas wie sonst nur die Goldfische.

Na, Gott sei Dank, sagt Emma beim Betrachten der Glaskäfige, hat der Zoodirektor die armen Viecher nicht ganz und gar mit Goldfischen verwechselt. Ich möchte nur wissen, ob ein Papagei zur Not auch schwimmen kann.

Kann er nicht, antwortet die Stimme des Karottenkerlchens, und Emma fährt herum, als hätte sie jemand mit einer kleinen spitzen Nadel empfindlich gepiekt. Es sitzt oben auf der Behausung eines Wellensittichs, grinst und baumelt mit den Beinen, wieder auf seine ursprüngliche Größe zusammengeschrumpft, und niemand außer Emma scheint es zu hören oder zu sehen.

Was für ein Glück, sagt es, daß es bei uns zum Beispiel keine Großmütter mehr gibt, während sie bei euch in Altersheimen leben müssen. Vielleicht steckte man sie sonst auch in so einen Glaskasten. Und stell dir bloß vor, wie viele Schlauchboote hergestellt werden müßten, würde man sie mit Goldfischen verwechseln.

So ein Quatsch! sagt Emma laut.

Hast du was gesagt? erkundigt sich Inge, die in den Anblick eines Pfaus versunken ist, der sich bisher weigerte, ihr zuliebe ein Rad hinter der Schaufensterscheibe zu schlagen.

Emma nickt. Ja, antwortet sie, und dann entschließt sie sich, die ganze Geschichte zu erzählen. Ein bißchen hofft sie dabei, auf diese Weise vielleicht alles ungeschehen machen zu können. Vielleicht ist es wirklich ein Zauberbann, der nur gebrochen werden muß.

Guck mal, Inge, sagt sie und zeigt zum Karottenkerlchen: Siehst du den komischen Kerl da oben?

Ja, antwortet Inge, ein hübscher Wellensittich, warum soll der komisch sein?

Es ist aussichtslos. Im wahrsten Sinne des Wortes: aussichtslos, denn sie sieht das Karottenkerlchen nicht. Das kichert, aber das hört Inge auch nicht. Wie soll sie Inge und Peter die Angelegenheit erklären, wenn sie den Verursacher der ganzen Geschichte nicht wahrnehmen?

Sie hört Inge sagen: Eigentlich sind Wellensittiche doch sehr gesellige Tiere. Ich verstehe gar nicht, warum sie die einzeln in diesen Glaskästen halten. Bei Pfauen ist das was anderes. Die sollen streitsüchtig sein. Aber Wellensittiche? Das Kerlchen da drin muß sich ganz entsetzlich langweilen.

Mit den Affen und Elefanten machen sie's nicht anders, meint Emma und verliert kein Wort mehr über das Karottenkerlchen aus der Fernbedienung.

Nur Peter ist begeistert. Nicht so sehr davon, daß jedes Tier einzeln gehalten wird. Von Tieren versteht er nicht viel. Weder mit Katzen noch mit Hunden kann er etwas anfangen. Was ihn so sehr begeistert, ist die Glas- und Stahlkonstruktion der Gehäuse. Schließlich ist er Architekt.

Von Zeit zu Zeit sagt er: Hochinteressant! Hochinteressant!

Viel mehr sagt er nicht, weil er weiß, daß sich Inge und Emma nicht besonders für architektonische Meisterleistungen interessieren.

Ehe sie von der Vogel- zur Schlangenabteilung wechseln, blickt Emma noch einmal über die Schulter zurück. Ihr moderner Flaschengeist oder was das Karottenkerlchen sonst ist hat sich wieder einmal buchstäblich in Luft aufgelöst.

Außer der Sache mit den Großmüttern hat er gestern noch etwas gesagt. Etwas sehr Wichtiges. Emma erinnert sich. Sie muß schon sehr müde und schläfrig gewesen sein. Er hatte sich, weil er ja recht erschreckend groß geworden war, auf ihre Bettkante gesetzt, so, als sei er ihr Freund. Deine Augen sehen aus wie braune Glasmurmeln, hat er gesagt.

Und dann hat er noch etwas gesagt. Emma kramt in ihrem Gedächtnis. Das ist wie Schubladenöffnen. Nacheinander zieht sie jede Schublade ihrer Erinnerung auf, Stück für Stück ruft sie sich den gestrigen Abend ins Bewußtsein.

Ja, richtig! Er hat ihr die erste Aufgabe gestellt.

Eine sehr seltsame Aufgabe.

Bring mir einen Apfel, hat er gesagt, einen Apfel, wie es ihn bei dir zu Hause gibt. Magst du Äpfel?

Emma mag Äpfel sehr gern, besonders die, die auf der einen Seite schön rot und auf der anderen grüngelblich sind.

Gut, hat er gesagt, aber vergiß nicht, er muß genauso sein, wie du ihn daheim am liebsten gegessen hast. Genauso.

Also, im Märchen ist das immer ganz anders. Da muß

Stroh zu Gold gesponnen werden, oder ein Ring wird ins tiefe Wasser geworfen und muß heraufgeholt oder unlösbare Rätsel sollen gelöst werden.

Aber einen Apfel beschaffen? Einen einfachen kleinen Apfel beschaffen, das ist doch ein Kinderspiel! In jedem Lebensmittelladen stehen kästenweise Äpfel herum. Er hat ja nicht gesagt: klauen. Nein, sie braucht einfach nur in einen Laden hineinzuspazieren und einen schönen kleinen Apfel zu kaufen, einen, der auf der einen Seite ritzerot und auf der anderen wunderschön grüngelblich ist. Nur angetatscht sollte er nicht sein. Äpfel, die braune Stellen haben, mag sie nicht besonders.

Ja, sie muß ihn nicht einmal selbst kaufen. Inge wird morgen sicherlich wieder einkaufen gehen. Warum sollte sie Emma keinen Apfel mitbringen?

Du, Inge, sagt Emma, als sie in der Affenabteilung angekommen sind, ich hätte gern einen Apfel.

Für die Affen? fragt Inge und nickt nachdenklich. Ja, ich würde denen auch gerne irgendwas zu fressen geben. Nur so als Geste, weißt du. Sie sitzen so traurig in ihren Glashäusern.

Peter meint, es seien immerhin wunderschöne Glashäuser. Er wäre glücklich, so hell und luftig wohnen zu können.

Nein danke, lacht Inge, erstens möchte ich kein Ausstellungsstück sein, und zweitens könnten wir dann nicht mal unsere Matratzen nebeneinanderlegen, weil eine Glaswand dazwischen wäre. Guck sie dir nur an, die armen Viecher, wie jedes für sich allein hockt, einsam und abgeschnitten von der Welt draußen und ohne jede Geselligkeit.

Emma seufzt still in sich hinein. Die Sache mit dem Apfel wird sie später noch einmal ansprechen, wenn Inge nicht mehr mit Pfauen und Affen beschäftigt ist.

Außerdem hat sie langsam die Nase voll vom Zoo. Warum soll sie von einem Glaskäfig zum nächsten spazieren und sich eingesperrte Tiere ansehen? Peter und Inge scheinen mehr davon zu haben als Emma. Wer führt hier eigentlich wen in den Zoo? Meine Eltern mich oder ich meine Eltern? fragt sie sich.

Die Menschen um sie herum gefallen ihr auch nicht. Abgesehen davon, daß die Männer alle aussehen wie das Karottenkerlchen auf einsneunzig Körperlänge vergrößert, gefallen ihr die Blicke der Leute nicht. Ob Inge und Peter gar nicht merken, wie sie angestarrt werden?

Merkt ihr das eigentlich? fragt Emma.

Was?

Die Leute!

Was ist mit den Leuten?

Die Leute gucken mehr uns als die Tiere an. Ich hab' das Gefühl, die beobachten uns, als ob wir eine Neuerwerbung des Zoos wären, sagt Emma, als ob wir sie stören würden, weil wir frei herumlaufen und nicht hinter Scheiben sitzen.

Das bildest du dir ein, sagt Peter. Er sagt das im Brustton der Überzeugung. Aber dann sieht Emma, wie er ein bißchen forschend und nachdenklich die anderen Zoobesucher betrachtet. Die drehen die Köpfe weg, als Peter ihre neugierigen Blicke auffängt.

Gar nicht mehr so überzeugt sagt er: Na ja, und schiebt seinen Arm unter Inges Arm. Das muß noch nichts bedeuten. Trotzdem sieht es so aus, als wäre ihm unbehaglich zumute.

Inge versucht eine Erklärung zu finden. Vielleicht ist es unsere Kleidung? Es ist Sonntag, und sonntags ziehen sich die Leute in Tamerland anscheinend besonders fein an oder sie ziehen sich besonders fein an für den Zoo oder für beides zusammen, für Sonntag und den Zoo. Seht sie euch an, da ist keiner drunter, der einfach bloß Jeans und irgendwas drüber trägt, so wie wir drei. Ganz zu schweigen von Emmas Lieblingsstück, das inzwischen vom Schmutz schon so steif sein muß, daß es von alleine im Zimmer auf dem Boden stehen bleibt, wenn Emma die Hose auszieht. Was die Leute hier anhaben, kostet ziemlich viel Geld, würde ich sagen. So was kannst du bei uns nur in teuren Boutiquen kaufen. Sehr modisch und schick. Wahrscheinlich sind es wirklich nur die Kleider.

Kleider machen Leute, sagt Peter. Eine alte Redensart.

Vielleicht müssen wir uns einfach ein bißchen auf den Geschmack der Leute hier einstellen? schlägt Inge vor. Wir finden es bei uns zu Hause ja auch seltsam, daß manche Türken immer mit Kopftuch herumlaufen. Es wäre für sie besser, sie würden die Kopftücher ausziehen.

Peter brummelt irgend etwas, unentschieden, ob er zustimmen oder abwehren soll. Er hat, seit Emma sich erinnern kann, noch nie eine Krawatte getragen. Im blauen Anzug mit hellblauem Hemd kann sie ihn sich gar nicht vorstellen.

Und daß sie, Emma, ihre Lieblingsjeans ausziehen soll, nur um dem Geschmack der Leute zu entsprechen, das kommt überhaupt nicht in Frage!

Trotzig und sehr laut sagt sie: Das kommt überhaupt nicht in die Tüte! Ich denke nicht daran, was anderes anzuziehen! Und wenn's drauf ankommt, laufe ich jeden Tag in meinen Jeans rum, bis wir wieder daheim sind!

Peter grinst ein wenig. Bis dahin bist du hoffentlich aus deinen Hosen rausgewachsen, Spitzmaus!

Emma sind die mißbilligenden Blicke nicht entgangen. Sie hat wohl ein bißchen zu laut protestiert.

Man lacht nicht, man weint nicht, man schreit nicht in Tamerland.

Sie erinnert sich.

Und wenn schon!

Sie ist ja schließlich keine Tamerländerin.

Sie kann sich gar nicht vorstellen, nie mehr zu lachen, nie mehr zu weinen. Nie mehr zu schreien.

Ehe sie abends zu Bett geht, fragt sie Inge wegen des Apfels. Selbstverständlich ist Inge gern bereit, ihr einen Apfel vom Einkauf mitzubringen. Nur einen? fragt sie. Emma hat auf einmal Lust, eine ganze Menge Äpfel zu essen.

Bring ruhig mehr mit! Ein Pfund oder so.

Kleckerkram, denkt sie vor dem Einschlafen: die drei Aufgaben löse ich im Handumdrehen. Die Sache mit dem Apfel erledigt Inge. Heimweh habe ich keins. Ich bin doch nicht der Yüksel. Ja, und Freunde finde ich bestimmt in der Schule.

7. Kapitel

Emma begegnet blauen Faltenröcken, weißen Blusen und weißen Handschuhen, leistet einen Schwur und denkt am Ende über Autos ohne Räder nach . . .

Als ob sie ein Mondkalb wäre!

Sie wird angestarrt wie ein Mondkalb oder sonst etwas ganz Unmögliches.

Sie ist doch kein Monstrum. Und eine Witzblattfigur ist sie auch nicht.

Da sitzen siebzehn tamerländische Kinder vor ihr an den Arbeitstischen in der Klasse und starren sie an. Siebzehn karottenfarbene Haarschöpfe und vierunddreißig aufgerissene Augen.

Schade, denkt Emma, daß Anstarren nicht bestraft wird. Wenn Anstarren zum Beispiel damit bestraft würde, daß allen Leuten, die andere Menschen anstarren, die Augen ausfallen, dann würden diese siebzehn Augenpaare ganz schnell die Augendeckel herunterklappen, damit ihnen nichts passiert. Gegen Anstarren hilft nur Zurückstarren.

Mal sehen, wer es länger aushält. Emma starrt unbeugsam zurück.

Komisch sehen die schon aus.

Emma zählt acht Jungen und neun Mädchen. Alle weißhäutig und karottenfarben. Der eine trägt hellere Karotten auf dem Kopf, der andere dunklere. Die Jungen haben kurzgeschnittenes Haar, die Mädchen ordentlich frisierte Pagenköpfe.

Wahrscheinlich gibt es hier in Tamerland so etwas wie eine Schuluniform. Jedenfalls tragen die Mädchen blaue Röcke und weiße Blusen und die Jungen blaue Hosen und weiße Hemden.

Auch die Lehrerin trägt einen dunkelblauen Faltenrock mit weißer Bluse. Sie sagt eine ganze Menge, während Emma vor der Klasse steht. Emma wird vorgestellt. Sie ist die Neue. Und außerdem die Fremde. Hier in Tamerland ist sie nicht nur die Neue, hier ist sie fremd. Das weiß sie. Allerdings versteht sie kein Wort. Wie sollte sie auch? Hier wird Tamerisch gesprochen.

Wenn das Karottenkerlchen sie nach Amerika versetzt hätte, ja, dann wäre das etwas anderes. Aber so?

Sie kann Frau Auschau nur reden lassen und die siebzehn Tamerländer anstarren.

Wie brav die alle aussehen! Ganz außerordentlich zivilisiert. So hatte es das Karottenkerlchen doch genannt, oder?

Irgendwie verrückt.

Ganz irre sind jedoch die Handschuhe.

Frau Auschau trägt sie und die Kinder auch. Jeder trägt hier dünne weiße Handschuhe. Diese weißen Handschuhe müssen modern sein oder so. Ob sie auch pflegeleicht sind? Wegen der Tintenkleckse. Wie kann man nur so verrückt sein, weiße Handschuhe zu tragen! Und dann auch noch in der Schule, wo man sich doch dauernd die Hände mit Tinte oder Filzstift verschmiert.

Jetzt sagt Frau Auschau anscheinend etwas zu Emmas Kleidung. Emma merkt das am Blick der Mitschüler. Alle Augen richten sich auf ihre Lieblingsjeans und den grauen Wollpullover, den sie heute angezogen hat. Er ist wunderschön: weich und ordentlich ausgeleiert. Außerdem gibt es ihn nur ein einziges Mal auf der Welt, weil Inge ihn für

Emma letztes Weihnachten gestrickt hat, und Emma hat eigenhändig mit gelber Wolle vorn auf der Brust eine große strahlende Sonne aufgestickt.

Sie werden doch nichts gegen meine Kleidung haben? denkt Emma.

Frau Auschau ruft eines der Mädchen nach vorn. Sie ist groß und stämmig. Alle Tamerländer scheinen groß und stämmig zu sein. Die erwachsenen Männer müssen mindestens einsneunzig und die Frauen auch etwa einsachtzig messen, denkt Emma.

Aussa, sagt Frau Auschau und deutet auf das Mädchen, Aussa!

Dumm ist Emma nicht. Sie begreift, daß dieses Mädchen Aussa heißt. Obwohl sie wahrscheinlich auch erst zehn ist, reicht Emma ihr nur bis zur Schulter. Sie wirkt ein bißchen hochnäsig.

Guten Tag, Aussa! sagt Emma auf deutsch und streckt ihr die Hand hin. Schließlich gibt man sich in Deutschland zur Begrüßung die Hand. Vielleicht ist Aussa die Klassensprecherin und wird ihr vorgestellt, damit sie sich um sie kümmert? Sie hat sich damals auch um Yüksel gekümmert.

Aussa nimmt Emmas ausgestreckte Hand nicht. Ja, sie sieht sogar so aus, als sei sie erschreckt, weil Emma ihr die Hand geben möchte.

Frau Auschau schüttelt den Kopf und berührt Emmas Arm, drückt ihn sanft zur Seite, schüttelt noch einmal den Kopf.

Gibt man sich in Tamerland nicht die Hand? Andere Länder, andere Sitten, heißt die Redensart.

Wahrscheinlich ist es wirklich nicht üblich, sich in Tamerland mit Handschlag zu begrüßen, aber deswegen muß Aussa doch nicht so ein erschrecktes Gesicht machen.

Schließlich wollte Emma ihr nicht die Augen auskratzen. Sie wollte nur höflich sein.

Dann eben nicht, murmelt Emma auf deutsch. Ganz bestimmt versteht hier niemand Deutsch. Sie zuckt die Achseln. Es wird nicht leicht sein in dieser Klasse. Es wird auch mit dem Lernen nicht leicht sein. Wie soll sie hier etwas lernen, wenn sie nicht Tamerisch spricht?

Inzwischen hat Frau Auschau etwas zu Aussa gesagt, und Aussa steht wie eine Kleiderpuppe vor Emma, zwei oder drei Schritte entfernt. Die Lehrerin versucht es jetzt mit der Zeichensprache. Sie deutet auf Aussas Kleidung und nickt nachdrücklich mit dem Kopf. Dann zeigt sie auf Emmas Jeans und den Pullover. Diesmal schüttelt sie den Kopf, und zwar ganz energisch.

Ich soll so etwas anziehen? fragt Emma entsetzt und zeigt nun selbst mit dem Finger auf Aussa.

Frau Auschau nickt und lächelt zum erstenmal. Sie freut sich, weil sie wohl meint, Emma habe begriffen und sei einverstanden, demnächst im blauen Rock und weißer Bluse und weißen Handschuhen zur Schule zu kommen.

Danach weist sie Emma ihren Platz an. Hier sitzt jeder einzeln. Hinten sind noch zwei Tische frei. Emma darf sich an den vorletzten Arbeitstisch setzen.

Wenn um jeden Arbeitsplatz und um jedes Kind noch ein Glaskasten herumgebaut wäre, denkt Emma, käme ich mir hier vor wie im Tamerländer Zoo. Ich wäre dann wohl das eingeglaste Mondkalb.

Immerhin wird sie während des Unterrichts nicht mehr angestarrt. Selbst Tamerländer haben hinten keine Augen.

In der Pause geht es allerdings wieder los. Emma steht allein in einer Ecke der verglasten Pausenhalle und kaut lustlos auf ihrem Wurstbrot herum. Immer wieder fängt sie staunende Blicke auf, aber niemand kommt zu ihr. Keiner kümmert sich um sie. Auch Aussa nicht. Aussa scheint viele Freundinnen zu haben. Vier der anderen Mädchen aus der Klasse stehen um sie herum. Jede hat irgend etwas zu erzählen.

Vielleicht fragen sie auch, und Aussa erklärt ihnen etwas aus der Mathematikstunde? In Mathe scheint Aussa ein As zu sein. Das hat Emma während des Unterrichts bemerkt. Aussa wußte viel mehr als alle anderen in der Klasse.

Zu Hause, denkt Emma, sind die Jungen in Mathe besser. Ein Mädchen als Mathe-As, das wäre schon was Besonderes.

Ab und zu wird sie auch von den Mädchen, die mit Aussa sprechen, angestarrt. Eine deutet sogar mit der Hand auf Emma und streicht sich dann den eigenen Faltenrock glatt.

Die reden wohl über meine Jeans und den Pulli.

Ich glaube, ich schnappe über, wenn ich so etwas anziehen muß. Also, wenn mich irgend jemand in einen blauen Rock, eine weiße Bluse und weiße Handschuhe steckt, dann kriege ich einen Schreikrampf.

Und wenn die ganze Schule kopfsteht, schwört sich Emma: meine Jeans ziehe ich nicht aus!

Schließlich hat das Karottenkerlchen nicht von ihr verlangt, die Jeans auszuziehen. Deshalb kann sie sich auch diesen Schwur leisten. Wenn das Ausziehen der Lieblingsjeans eine der drei Aufgaben wäre, dann würde sie's tun. Sie würde es schweren Herzens tun. Aber sie täte es, weil sie so schnell wie möglich wieder heimfahren will.

Sie kommt sich ganz schrecklich einsam und verlassen vor. So ähnlich muß es Taubstummen gehen: Sie sehen alles, aber sie können nichts verstehen und nichts sagen.

Ein Mensch ohne Sprache, das ist wie ein Fisch ohne Wasser. Oder ein Baum ohne Erde. Oder ein Auto ohne Räder. Oder ein Haus ohne Fenster.

Oder ich, sagt Emma halblaut vor sich hin.

Wie soll sie, ohne sprechen zu können, Freunde finden?

Hoffentlich hat Inge wenigstens an die Äpfel gedacht.

8. Kapitel

Warum Tomaten nicht mehr nach Tomaten, Himbeeren nicht mehr nach Himbeeren und Tamerländer Äpfel nach Pfui Teufel schmecken . . .

Ein Pfund oder so. Inge hat ein Pfund Äpfel mitgebracht. Sie sehen auch wie Äpfel aus. Es gibt verschiedene Sorten: grüne, gelbe, braune, rote oder eben solche, wie Emma sie mag. Eines haben allerdings alle Äpfel gemeinsam: man erkennt sie sozusagen auf den ersten Blick.

Das, was Inge nach Hause gebracht hat, ist zweifellos Apfel. Es ist ihr auch als Apfel verkauft worden. Inge hat sich ein Wörterbuch angeschafft. Daraus hat sie auch das Wort für Apfel gelernt. Sie hat gelernt, zu sagen: Bitte, ein Pfund Apfel. Das klingt zwar etwas seltsam, aber die Mehrzahl von Apfel macht der Inge noch Schwierigkeiten. Die tamerländische Sprache, findet sie, ist ziemlich schwer. Sie sehen sogar wunderschön aus, diese Äpfel. Kein braunes Fleckchen auf der Schale, jeder Apfel wohlgerundet, die Haut faltenlos, eine Backe ritzerot, die andere ein bißchen giftgrün, beinahe so wie Erbsen aus der Tiefkühlpackung. Äpfel, wie gemalt.

Daß die eine Backe so seltsam grün ist, wird das Karottenkerlchen nicht stören. Vielleicht verblaßt die Farbe auch, wenn Emma die Äpfel nur einige Tage liegenläßt?

Inge hat also die Äpfel mitgebracht, und es sind Äpfel wie aus dem Bilderbuch.

Ein Kinderspiel, diese Aufgabe zu lösen!

Emma hat große Lust darauf, einen Apfel zu essen, und beißt hinein. Beißt kräftig hinein, genauso wie in der Fernsehwerbung daheim für Zahnpasta gegen Zahnfleischbluten, so richtig schön knackig.

Der Apfel ist jedoch nicht knackig.

Er schmeckt auch nicht nach Apfel. Emma überlegt, wonach er eigentlich schmeckt. Eher nach nichts als nach Apfel.

Was ziehst du für ein Gesicht? fragt Inge, die die anderen Einkäufe in der Küche auspackt: tiefgefrorenes Gemüse, tiefgefrorenes Fleisch, Kartoffeln im Glas, ja sogar tiefgefrorenen Salat.

Emma kaut und kaut an dem Stück Apfel, vermischt das Apfelfleisch auf der Zunge mit Speichel, um endlich den Apfelgeschmack zu spüren. Sie beißt auch ein zweitesmal hinein. So schnell gibt sie nicht auf. Der Apfel muß doch nach Apfel schmecken.

Er tut's aber nicht.

Pfui Teufel! Emma spuckt schließlich enttäuscht den zweiten Bissen ins Spülbecken. So was kann kein normaler Mensch essen.

Waren die Äpfel vielleicht auch tiefgefroren?

Nein, nein, versichert Inge. Die Äpfel hat sie nicht im Supermarkt, sondern in einem Reformhaus gekauft, weil die Äpfel im Supermarkt tatsächlich nur tiefgefroren verkauft werden.

Emma hält ihr den angebissenen Apfel hin: Probier mal! Und Inge probiert und muß zugeben, daß es wirklich nicht so nach Apfel schmeckt, wie die Äpfel zu Hause. Aber nach Pfui Teufel schmeckt es nicht, meint sie. Und fängt an, davon zu erzählen, daß das Obst und Gemüse früher viel besser geschmeckt habe. Als sie noch ein Kind gewesen sei, hätten die Tomaten nach Tomaten, die Himbeeren wirklich nach Himbeeren geschmeckt und die Pfirsiche hätten nach Pfirsich geduftet, und die Äpfel hätten zwar braune Stellen, aber einen wunderschönen Apfelgeschmack gehabt.

Emma kennt diese Geschichten. Inge redet gerne davon, wie die Dinge „früher" geschmeckt und gerochen haben. Vielleicht liegt es am künstlichen Dünger, sagt sie immer, an den Gewächshäusern und daran, daß alles unreif gepflückt wird und erst auf dem Transportweg ohne Sonne, ohne Luft, ohne Regen reif wird.

Hier in Tamerland, sind sie eben noch einen Schritt weiter, vermutet Inge. Hier wird wohl alles gleich eingefroren, damit es sich länger hält. Vielleicht gibt es hier gar keinen Apfelbaum mehr, der in irgendeinem Garten unter freiem Himmel steht. Vielleicht machen sie es mit den Apfelbäumen wie mit den Tieren im Zoo: Sie dürfen nur noch unter Glas wachsen, ohne Sonne und Regen, ohne Wind und frische Luft. Daran werden wir uns gewöhnen müssen, sagt sie und schließt die Kühlschranktür, nachdem sie alles Tiefgefrorene verstaut hat.

Dann beginnt sie, das Abendessen vorzubereiten, taut den Salat unterm Wasserstrahl im Spülbecken auf, seufzt, daß sie leider noch nicht entdeckt hat, wo es Petersilie, Schnittlauch, Dill und Zwiebeln zu kaufen gibt. In drei Supermärkten und im Reformhaus hat sie danach gesucht, ohne auch nur ein bißchen Grünzeug zu finden.

Emma grinst und sagt schadenfroh: Vielleicht wirst du dich daran gewöhnen müssen, daß man hier den Salat nur mit Pfeffer, Salz, Essig und Öl anmacht?

Inge grinst zurück und droht scherzhaft mit dem nassen Salatkopf. So schnell nimmt sie nichts krumm.

Das wäre ja gelacht, sagt sie, wenn es hier weder Petersilie noch Dill, noch Schnittlauch oder Zwiebeln gäbe!

Und Emma sagt ebenfalls: Das wäre ja gelacht, wenn ich hier nicht einen ganz normalen Apfel auftreiben könnte!

Sie lachen beide, und dann möchte Inge wissen, warum Emma plötzlich so scharf auf einen „richtigen" Apfel ist.

Ach, nur so, antwortet Emma. Eigentlich würde sie sehr gern vom Karottenkerlchen erzählen, aber es hat ja keinen Sinn.

Wer wird ihr diese verrückte Geschichte schon glauben? Nicht einmal Inge.

Inge ist heute auf dem Arbeitsamt gewesen. Dort will man ihr keine Arbeit vermitteln, solange sie nicht wenigstens so viel Tamerisch spricht, daß sie sich verständigen kann.

Wir müssen zuerst einmal Tamerisch lernen, meint sie und schlägt vor, jeden Abend gemeinsam ein oder zwei Stunden zu lernen. Zu zweit ist es leichter. Sie hat auch schon ein Lehrbuch beschafft. Lernen statt fernsehen, sagt sie, es wird uns nichts anderes übrigbleiben.

Emma platzt nicht gerade vor Begeisterung, aber sie muß zugeben: Inges Vorschlag ist vernünftig. Also gut, lernen wir. Also gut, beißen wir in den sauren Apfel, obwohl die Äpfel hier ja nicht einmal sauer sind.

Dafür ist der Abendessensalat ganz schön sauer. Hauptsächlich schmeckt er nach Essig, ein bißchen nach Pfeffer, etwas nach Salz und auch nach einem Hauch Öl. Die Salatblätter sehen grün und glänzend aus, wie lackiert.

Man gewöhnt sich an manches.

Sie essen zu dritt in der Küche, und Peter tröstet Inge: Reg dich nicht auf. Das nächstemal nimmst du einfach weniger Essig.

Nein, Inge regt sich nicht auf. Weder Inge noch Peter, noch Emma regen sich auf. Keiner von ihnen regt sich an diesem Abend auf. Noch ist alles, was sie erleben, neu, ungewöhnlich, vielleicht auch seltsam, und ganz bestimmt ist vieles ungewohnt. Aber, warum sollten sie sich aufregen? Andere Länder, andere Sitten.

Schwierigkeiten, sagt Peter, sind dazu da, überwunden zu werden. Inges Schwierigkeiten mit dem Einkaufen und Emmas Schwierigkeit mit Äpfeln sind doch bloß Kleinigkeiten. Oder nicht?

Peter hat heute auch Schwierigkeiten gehabt. Er ärgert sich darüber, daß sie ihn für Hilfsarbeiten einsetzen. Sie lassen ihn Ersatzteile im Ersatzteilelager zählen.

Peter zuckt die Achseln und lacht ein bißchen gezwungen: Solange sie diesen hohen Lohn dafür zahlen und keine andere Arbeit für mich haben, muß ich mich wohl damit zufriedengeben.

Nur eines macht ihn wirklich zornig. Sie reden mit mir wie mit einem Idioten. Du zählen, sagen sie, als könnten sie ihre eigene Sprache nicht richtig. Und als ich einen von den Vorarbeitern zurückgeduzt habe, hat der mir eine ganz schöne Abfuhr erteilt.

Kleinigkeiten, sagt er, mit denen *wir* doch fertig werden!

Er macht es wie Emma. So schnell gibt er nicht auf. Und auch Inge gehört nicht zu den Leuten, die gleich die Flinte ins Korn werfen, wie eine Redensart heißt.

Abends sitzt Emma noch lange aufrecht im Bett, nachdenklich den Daumen in den Mund gesteckt. Soll sie ihren dienstbaren Geist aus der Fernbedienung holen?

Was sollte sie ihm erzählen?

Daß die erste Aufgabe doch nicht so einfach zu lösen ist?

Nein. Dazu ist sie viel zu stolz.

Soll er doch in seinen Transistoren bleiben oder den Bildröhren oder wo er sich sonst aufhält, wenn er nicht gerade auf der linken Ecke des Geräts hockt und mit den Beinen baumelt. Ich möchte nur wissen, überlegt Emma, warum er eigentlich immer barfuß ist. Bei dieser Kälte hier in Tamerland müßte er doch unentwegt kalte Füße haben.

Tamerland ist wirklich ein Winterland.

Sie wird Peter morgen um seinen langen roten Wollschal bitten, damit sie auf dem Schulweg nicht so friert. Obwohl der Schulbus am Eingang zur Tiefgarage hält, wo sie und andere Kinder aus dem Block einsteigen, hat sie heute morgen ganz entsetzlich gefroren. Die anderen Kinder tragen dunkelblaue Wollmäntel. Aber so etwas zieht sie bestimmt nicht an. Peters roter Schal paßt viel besser zu den Jeans. Dann nimmt sie den Daumen aus dem Mund und lutscht zur Abwechslung mal am rechten großen Zeh.

So muß sie dann auch eingeschlafen sein. Morgens wacht sie auf und stellt fest, daß sie die Nacht mit dem Kopf auf dem Fußende und mit den Füßen auf dem Kopfkissen verbracht hat. Draußen ist es noch dunkel. Und sie weiß ja, daß es erst hell wird, wenn die Schule bereits begonnen hat, und es schon wieder dunkel wird, wenn sie nachmittags von der Schule nach Hause kommt.

Nach Hause?

Ja – wie soll sie's anders nennen?

9. Kapitel

Emma lernt zwei Sätze Tamerisch und einen netten Menschen kennen, der Blau Aublaum heißt . . .

Und überhaupt! Und überhaupt wird sie das Karottenkerlchen erst dann aus der Fernbedienung hervorholen, wenn sie diese idiotische Aufgabe gelöst hat. Erst, wenn sie Erfolg hat.

Wenn sie triumphierend sagen kann: Hier ist der Apfel. Hier ist der beste Apfel von ganz Tamerland, und der schmeckt genauso wie daheim, sieht genauso aus und riecht sogar nach Apfel!

Und überhaupt! Sie fühlt sich wie ein Igel, der die Stacheln hochstellt, oder wie eine Katze, die einen Buckel macht, die Krallen ausfährt und faucht.

Den roten Schal wird sie im Unterricht nicht ablegen und ihre Jeans schon gar nicht gegen die Schuluniform vertauschen! Kommt nicht in Frage.

Ich bin ich, sagt Emma, bei uns zu Hause ist es üblich, so angezogen herumzulaufen und so angezogen auch in die Schule zu gehen. Warum soll ich zum Beispiel diese idiotischen weißen Handschuhe anziehen?

Sie sagt das alles auf deutsch. Sie sagt es sehr wütend. Die Klassenlehrerin hat Emma in der Pause in ein kleines Zimmer gebeten.

Dort hat sie vor Emma einen blauen Rock, einen blauen Wollmantel, die weiße Bluse und die Handschuhe ausgebreitet, auf tamerisch freundlich und ruhig etwas gesagt und mit Handzeichen Emma klarzumachen versucht, daß sie diese Sachen anziehen solle.

Emma hat sich gewehrt. Sie hat sich sogar sehr heftig gewehrt und die Hand von Frau Auschau einfach fortgestoßen, als sie Emma die Handschuhe anziehen wollte.

Und nun steht sie in einem anderen Zimmer vor einem älteren Lehrer. Auch er ist großgewachsen und breit. Viel größer und breiter als Peter. Kopf- und Schnurrbarthaare natürlich karottenfarben. Auch er trägt den dunkelblauen Schulanzug und die weißen Handschuhe.

Er ist der einzige Lehrer an dieser großen Schule, der ein bißchen Deutsch versteht und auch selbst spricht.

Wie geht es dir, Emma? fragt er und ist erstaunt, als Emma bockig antwortet: Schlecht!

Er überlegt einen Augenblick und betrachtet das kleine Mädchen, das da vor seinem Schreibtisch steht. Klein und so mager, daß die Knochen an Schultern, Ellenbogen und Knien spitz und eckig sind. Er betrachtet sie von oben bis unten: die dunkelblonden kurzen Wuschelhaare, die anscheinend nur einmal in der Woche gekämmt werden, die braunen Augen, die seinen Blick zornig erwidern, den langen roten Schal, den Emma zweimal um den Hals geschlungen hat, der aber trotzdem noch bis zu den Knien herunterhängt, den dicken grauen Winterpullover, dem Emma eigenhändig vorne auf die Brust eine große gelbe Sonne aufgestickt hat, und diese Jeans, diese ausgefransten und vollgeschmierten Jeans.

Emmas Himmelfahrtsnase sieht ein bißchen rotgefroren aus.

Sein Blick ist nicht unfreundlich, aber sehr nachdenklich. So einem Kind ist er an dieser Schule noch nie begegnet.

Emma wird es unbehaglich unter diesem Blick. Sie

schiebt beide Hände in die Hosentaschen und würde sich am liebsten ganz in ihrer Kleidung verkriechen, wie eine Schnecke im Gehäuse.

Endlich sagt er: Im Deutschkurs habe ich gelernt, daß man bei euch in Deutschland zur Begrüßung sagt: Wie geht es Ihnen? Und der andere antwortet höflich: Danke, gut. Und wie geht es Ihnen? Ich habe nicht gelernt, daß man antwortet: Schlecht!

Seine Stimme erinnert Emma an die Stimme des Karottenkerlchens. Sie ist ruhig und gelassen. Nicht zu leise und auch nicht zu laut.

Deutsch hat er also im Deutschkurs gelernt. Er spricht es besser als Yüksel. Aber er ist ja auch ein erwachsener Mann. Erwachsene lernen eine fremde Sprache vielleicht anders. Ganz bestimmt sind sie fleißiger. Sie haben auch mehr Zeit, weil sie zum Beispiel den Nachmittag nicht damit verbringen, Skateboard zu fahren.

Dafür klingt sein Deutsch aber auch so, wie es Schauspieler manchmal sprechen: etwas geschwollen. Und außerdem will er anscheinend gar nicht wissen, wie es ihr tatsächlich geht. Dieses: Wie geht es dir, Emma, hat er ja nur gesagt, wie man auch sagt: Guten Tag! oder Grüß Gott! Man sagt es, ohne es wirklich so zu meinen. Ohne auch nur darüber nachzudenken, was man eigentlich sagt.

Wie geht es dir, Emma? wiederholt er nun und lächelt ihr zu.

Nein, denkt Emma, er soll ruhig wissen, daß es mir schlechtgeht! Sie schüttelt widerwillig den Kopf.

Nein, antwortet Emma, es geht mir nicht gut. Kann ja sein, daß man sich unter Erwachsenen nicht sagt, wie es einem wirklich geht. Aber ich bin noch nicht erwachsen. Gott sei Dank!

Sie sagt ihm auch, daß sie nie im Leben ihre Jeans ausziehen und diese Schuluniform anziehen wird.

Dabei erinnert sie sich, daß es an ihrer Schule zu Hause zwei Türkenmädchen gibt, die sich genauso weigern, ihre Kopftücher auszuziehen, die auch nie eine Jeans anziehen, sondern jeden Tag diese Röcke tragen, die fast bis zu den Knöcheln gehen, obwohl die anderen Kinder sie anfangs dafür ausgelacht haben.

Nie im Leben! sagt Emma. Nie im Leben!

Sie sieht, daß er nicht mehr lächelt, sondern belustigt grinst. Und dann sagt er gutmütig: Nie im Leben, Emma? Na, ich denke, du wirst noch ein bißchen wachsen, und dann *mußt* du die Jeans ausziehen, oder?

So etwas Ähnliches hat Peter doch auch schon gesagt.

Auf einmal mag sie diesen großen, breiten tamerländischen Lehrer. So übel scheint er gar nicht zu sein.

Auf einmal ist sie auch gar nicht mehr so bockig wie ein Stacheligel oder eine Fauchkatze.

Und nun erkundigt er sich auch, warum es ihr denn so schlechtgeht.

Zwei Dinge, sagt Emma, sind am schlimmsten, ich kann mit keinem aus meiner neuen Klasse reden, wegen der Sprache, und ich friere hier in Tamerland ganz schrecklich. Bleibt es wirklich das ganze Jahr über so dunkel und kalt?

Leider ja.

Auch wenn er ein netter Mensch ist, das Wetter kann er nicht ändern. Tamerland ist Winterland.

Yüksel hat immer davon gesprochen, wie warm es in der Türkei und wie kalt es in Deutschland für ihn ist.

Ich heiße Blau Aublaum, sagt dieser nette Mensch jetzt und verspricht Emma, ihr Unterricht in Tamerisch zu geben. Er wird auch mit ihrer Klassenlehrerin sprechen, damit Emma die Jeans so lange tragen darf, bis sie aus den Hosen herausgewachsen ist.

Und wenn sie irgendwelche Schwierigkeiten hat, dann soll sie zu ihm kommen.

Ich habe schon eine Schwierigkeit, sagt Emma. Wo finde ich einen richtigen Apfel?

Einen Apfel?

Einen *richtigen* Apfel, so, wie bei uns daheim.

Äpfel gibt es in jedem Supermarkt.

Emma versucht zu erklären. Aber wie erklärt man jemandem, wie ein Apfel schmeckt, wenn er selbst so einen Apfel noch nie gegessen hat?

Oder: Wie erklärt man einem Blinden die Farbe Rot, wenn er noch nie Farben gesehen hat?

Schließlich erfährt Emma, daß es große Apfelplantagen draußen vor der Stadt gibt. Vielleicht findet sie dort den Apfel, den sie sucht?

Er fragt nicht etwa: Wozu brauchst du denn den Apfel?

Nein, Blau Aublaum hört geduldig zu.

Nur einmal fragt er vorsichtig: Hast du Heimweh, Emma?

Heimweh? Nein, nein, wehrt Emma ab. Heimweh hat sie ganz bestimmt nicht! Sie wird sich doch nicht von einem dummen Heimweh auffressen lassen wie der Yüksel! Nein. Ganz bestimmt nicht.

Heimweh hat sie nicht.

Oder doch?

So ein ganz klein bißchen?

Kommt gar nicht in Frage! Sie läßt sich auch nicht von dem kleinsten Heimwehgefühl überrumpeln.

Auch nicht, wenn ihre Nase noch so rotgefroren ist! Basta!

Aber weil Blau Aublaum so nett ist und viel Geduld hat,

einen ganzen Sack voller Geduld, will Emma noch eine Menge von ihm wissen. Sie hat auch keine Lust mehr, vor dem Schreibtisch zu stehen, und setzt sich deshalb kurzerhand auf die rechte Schreibtischkante und läßt die Füße baumeln.

Blau Aublaum meint zwar, das gehöre sich nicht in Tamerland, scheucht sie aber nicht hinunter.

Emma möchte wissen, ob es stimmt, daß man nicht weint und nicht lacht und nicht schreit in Tamerland.

Sie will wissen, warum es keine Großmütter in Tamerland gibt. Und warum alle Menschen so groß sind und karottenfarbene Haare haben. Warum die Tiere im Zoo in Glaskäfigen und allein gehalten werden. Weshalb sogar der Kopfsalat nur tiefgefroren verkauft wird.

Außerdem möchte sie gleich jetzt zwei Sätze Tamerisch lernen.

Sie will sagen können: Laß mich mal beißen!

Wen willst du denn beißen? fragt Blau Aublaum erstaunt.

Es sei in Tamerland nicht üblich, irgendjemanden zu beißen, fügt er hinzu und sagt: Ich habe auch im Deutschunterricht nicht gelernt, daß man sich in Deutschland gegenseitig beißt.

Aber Emma möchte doch nur in einen Apfel beißen! In einen Pausenbrotapfel. Vielleicht findet sie auf diese Weise ihren Apfel.

Und außerdem möchte sie fragen können: Hast du Lust, mit mir Skateboard zu fahren?

Ganz zum Schluß, als Blau Aublaum schon hinter seinem Schreibtisch aufgestanden ist, weil er zum Unterricht in seine Klasse muß, will Emma wissen, ob es in Tamerland so eine Art Flaschengeister aus der Fernbedienung gibt, so kleine Karottenkerlchen, nicht größer als ihr Unterarm.

Blau Aublaum reißt Mund und Augen vor Verwunderung auf: Was für Kerlchen?

Flaschengeister aus der Fernbedienung der Fernsehapparate? Aber nein! So etwas gibt es ganz bestimmt nicht. Da hat dir irgend jemand einen Bären aufgebunden.

Nein, keinen Bären, denkt Emma, sondern einen komischen Geist, der mir ganz schön Ärger macht.

10. Kapitel

Inge lacht sich halb tot, und dann ist auf einmal Maute da . . .

Laß mich mal beißen! sagt Emma zu Aussa.

Die macht ein Gesicht, als hätte Emma gesagt: Ach bitte, spring doch eben mal aus dem Fenster!

Was ist schon dabei, mal von einem Apfel abzubeißen? Anscheinend eine ganze Menge.

Wenn Aussa nicht so wohlerzogen wäre, würde sie sicher laut und deutlich sagen: Igittigitt! Natürlich auf tamerisch.

Emma hat diesen Laß-mich-mal-beißen-Satz, den Blau Aublaum ihr vorgesprochen hat, auswendig gelernt. Und eine Sache ist in Tamerland genauso wie in Deutschland: Die Mütter geben ihren Kindern Pausenbrotäpfel mit, obwohl die Kinder diese Äpfel gar nicht so gern in der Pause essen. In der Mathestunde ist das etwas anderes. Da macht es großen Spaß, laut und knackig in einen Apfel zu beißen, während der Mathelehrer gerade vormacht, wie man eine Doppelklammer ausrechnen muß.

Wenn Emma genügend Tamerisch könnte, würde sie Aussa davon erzählen. Obwohl sie daran zweifelt, daß Aussa knackig in einen Apfel beißt. Erstens ist sie die Beste in Mathematik. Sie interessiert sich sogar für Mathe. Warum sollte sie den Mathelehrer also ärgern? Und zweitens sind die Äpfel in Tamerland ja gar nicht knackig.

Laß mich mal beißen, sagt Emma, und Aussa macht ein entsetztes Gesicht, überlegt einen Moment und hält dann wortlos Emma den Apfel hin: Da, nimm! soll diese Geste wohl heißen. Ich schenke dir den ganzen Apfel, aber verlange bloß nicht von mir, daß ich dich beißen lasse und dann selbst auch nur noch einen Bissen von dem angebissenen Apfel zu mir nehme.

Also, daheim ist das ganz anders. Daheim hat Emma jeden von ihrem Pausenbrot abbeißen lassen oder vom Apfel.

Vielleicht ist Aussa nur ganz besonders heikel? Oder hochnäsig?

Immerhin sieht sie so hochnäsig aus, wie ihre Kleidung ordentlich ist. Keine Knitter im Rock, kein Fleckchen auf der Bluse. Und schon gar kein Tintenklecks an den weißen Handschuhen. Wie sie das nur anstellt?

Emma hat immer irgendwelche Farbkleckse an den Fingern.

Möglich, daß Aussa eine Ausnahme ist.

Emma probiert es mit anderen.

Ungeniert geht sie zu jedem hin, der einen Pausenbrotapfel in der Hand hält. Es ist große Pause, und es müssen mindestens tausend Schüler in dieser riesigen Glashalle sein.

Bei jedem sagt Emma den auswendig gelernten Satz auf: Laß mich mal beißen!

Und überall stößt sie auf entsetzte Gesichter.

Als ob sie alle Apfelesser aufforderte, die Schule abzubrennen oder sonstwas Verrücktes zu tun.

Beinahe jeder reagiert wie Aussa: Er hält Emma seinen Apfel hin. Da nimm! Aber laß mich bloß in Ruhe mit deiner seltsamen Bitte.

Emma versteht das nicht. Was ist daran seltsam?

Nun ja. Das ist nun einmal so. Und solange sie nicht auf tamerisch fragen kann, kann es ihr auch niemand erklären.

Zuerst hält sie die Hände auf. Dann kann sie die Äpfel mit den Händen nicht mehr fassen und hält schließlich den grauen Pullover wie eine Schürze auf. Ausgeleiert ist er ohnehin schon.

Am Ende der Pause hat sie mindestens fünfzig Äpfel im Pulli. Die schöne strahlende Sonne ist ganz verzogen. Und unterm Pulloverrand spitzt Emmas Unterhemd vor. Das bringt ihr mißbilligende Blicke ein. Wie kann man nur so verwahrlost herumlaufen? Ein Mädchen aus Tamerland würde so etwas niemals tun!

Was macht man mit mindestens fünfzig Äpfeln?

Emma stopft sie alle in ihre Schultasche.

Als sie am späten Nachmittag in der Wohnung ankommt, die jetzt wohl ihr Zuhause ist, geht sie mit der Schultasche schnurstracks in die Küche, öffnet sie und leert alle Äpfel auf den Küchentisch.

Da, sagt sie zu Inge, die sprachlos daneben steht, lauter tamerländische Äpfel. Und alle umsonst!

Sie erzählt von ihrem Versuch, von verschiedenen Pausenbrotäpfeln abzubeißen, und Inge fängt an zu lachen.

Sie lacht und lacht und lacht.

Sie hört gar nicht mehr auf zu lachen.

Sie lacht laut und herzlich. Sie lacht, wie eine Elefantendame trompetet. Inge hat schon immer so gelacht.

Peter nennt dieses Lachen eine Lokomotivlache: Tuuuttuuuut.

Inge stört das nicht. Es stört sie auch nicht, daß man in Tamerland nicht lacht. Und es stört sie nicht, daß das Küchenfenster weit offensteht. Wer sollte sich schon von ihrem Lachen gestört fühlen? Man wird doch noch lachen dürfen! Jeder Mensch muß mal lachen oder weinen oder schreien oder gähnen oder vor sich hin motzen. Jeder

Mensch hat Gefühle - die muß er manchmal rauslassen, damit er nicht daran erstickt.

Inge lacht, bis ihr die Tränen kommen.

Was, um Himmels willen, sollen wir nur mit den vielen Äpfeln anfangen? fragt sie atemlos und wischt sich die Lachtränen vom Gesicht. Soll ich vielleicht zehn Apfelkuchen backen? Wer weiß, wie die mit *diesen* Äpfeln schmecken!

Wir werfen sie weg, sagt Emma ganz einfach. Wir werfen sie in den Müllschlucker.

Es sind tatsächlich lauter tamerländische Äpfel. Kein einziger ist so, wie Emma ihn finden muß.

Wegwerfen? Jetzt ist Inge entsetzt.

Sie hat noch nie Äpfel weggeworfen.

Ich mache Apfelpfannkuchen, schlägt sie vor, und Apfelkuchen und Apfelreis und Apfelauflauf, und Arme Ritter mit Apfel.

Emma wird ganz schlecht. Soll sie nun etwa tagelang irgendwelche Apfelgerichte essen?

Das wird sie Inge ausreden müssen.

In Peter wird sie einen Verbündeten haben. Sie wird ihn fragen, wie man es am besten anstellt, Inge diese Apfelflausen wieder auszureden.

Peter hält einen Zettel in der Hand, als er von der Fabrikarbeit heimkommt. Er sieht müde und erschöpft aus. Das Ersatzteilzählen strengt ihn mehr an, als ihn zu Hause sein Beruf als Architekt angestrengt hat.

Den Zettel haben die Nachbarn geschrieben und in den Briefkasten gesteckt.

Inge hat zu laut gelacht.

Die Familie aus Deutschland, steht auf diesem Zettel, solle bitte nicht solchen Lärm machen.

Zwei Wochen später taucht Maute auf. Er kommt neu in die Klasse. Er ist neu, aber nicht fremd.

Frau Auschau stellt ihn vor und weist ihm dann den Arbeitstisch hinter Emma zu.

Maute ist etwas zierlicher als die anderen tamerländischen Kinder. Seine blaue Hose und das weiße Hemd sind bei weitem nicht so piekfein wie Rock und Bluse von Aussa. Und an den weißen Handschuhen entdeckt Emma sogar einen dicken Tintenklecks.

Sie lächelt ihm zu, als er an ihr vorbei zu seinem Platz geht.

Er starrt sie nicht an. Er macht nur verwunderte Augen.

In der Pause kommt er sogar zu ihr.

Emma steht in den Pausen immer noch allein herum.

Maute kommt einfach zu ihr und fragt auf tamerisch: Wieso siehst du so komisch aus?

Emma sucht alle tamerischen Wörter zusammen, die sie inzwischen bei Blau Aublaum gelernt hat. Dreimal die Woche gibt er ihr Unterricht.

Ich heißen Emma, radebrecht sie, kommen aus Deutschland. Mein Vater arbeiten in Tamerland.

Und dann streckt sie ihm die Hand zur Begrüßung hin. Maute zögert zwar einen Augenblick, aber schließlich legt er doch seine Hand in ihre und fragt: Begrüßt man sich so in Deutschland?

Er kümmert sich nicht darum, daß die anderen aus der Klasse ihn und Emma beobachten und anfangen zu tuscheln, als er ihr die Hand gibt.

Ja, antwortet Emma und schüttelt Mautes Hand kräftig.

Sie ist ja so froh, daß sich endlich einer um sie kümmert! Außerdem ist Maute ein netter Junge. Sie stört sich nicht einmal an seinem karottenfarbenen Haar.

Gerne würde sie ihm sagen: Eigentlich zieht man in Deutschland die Handschuhe aus, wenn man sich die Hand gibt, aber es ist schon schön, daß du mich überhaupt auf diese Weise begrüßt.

Das würde sie gern sagen. Es fehlen ihr nur die Worte dafür. Sie wird noch viel bei Blau Aublaum lernen müssen.

Aber irgend etwas muß sie sagen, sonst läuft er sicher gleich wieder weg.

Mühsam stottert sie: Du aus Tamerland?

Eine idiotische Frage! Woher soll er sonst sein? Das sieht ja ein Blinder!

Maute scheint diese Frage jedoch nicht so idiotisch zu finden. Er nickt. Und dann erzählt er: Bis jetzt habe ich mit meinem Vater zusammen gelebt. Aber seit heute wohne ich bei meiner Mutter. Deshalb mußte ich die Schule wechseln.

Seine Eltern sind also geschieden, meint Emma und fragt: Deine Eltern auseinander? Schade für dich, nicht wahr?

Wieso schade? fragt Maute zurück, und Emma erfährt, daß es in Tamerland so üblich ist, beim einen oder beim anderen Elternteil zu leben. Vater und Mutter wohnen normalerweise in verschiedenen Wohnungen. Sie wollen gar nicht so nah beieinandersein, wie zum Beispiel Inge und Peter. Eine richtige Familie zu haben ist in Tamerland altmodisch. Eine richtige Familie mit Vater, Mutter und Kindern. Es gibt auch keine Großmütter. Maute kennt seine beiden Großmütter nicht einmal. Das hängt damit zusammen, daß die Kinder und die Eltern ihr eigenes Leben in Tamerland leben, sobald die Kinder erwachsen sind.

Emma bedauert Maute dafür, daß er nie eine Großmutter gehabt hat. Sie mag ihre Großmutter sehr gern, die in Bremen lebt. Leider sieht sie sie nur sehr selten. Höchstens einmal im Jahr.

Aber Maute scheint es gar nichts auszumachen, keine Großmutter zu haben.

Er macht ein erstauntes Gesicht, als sie erzählt: Ich mit meinen Eltern in *einer* Wohnung.

Das muß ja eine Riesenwohnung sein! sagt er.

Drei Zimmer, antwortet Emma.

Was? Nur drei Zimmer! Ist das nicht schrecklich eng?

Er lebt mit seiner Mutter in einer Vier-Zimmer-Wohnung.

Und wir sind nur zu zweit, sagt er, wie macht ihr das bloß? Jeder muß sein eigenes Schlafzimmer und Wohnzimmer haben! Sonst geht man sich doch entsetzlich auf die Nerven.

So was Verrücktes, denkt Emma, wozu brauche ich ein eigenes Wohnzimmer?

Gleichzeitig erinnert sie sich jedoch daran, daß sie genauso erstaunt war, wie Maute es jetzt ist, als Yüksel ihr erzählte, daß er, seine beiden Geschwister und die Eltern in einer Zwei-Zimmer-Wohnung wohnen.

Fünf Menschen auf so engem Raum, hat sie damals gedacht. Das geht doch gar nicht. Da muß es doch dauernd Krach geben.

Am Ende der Pause fragt Maute sie, ob sie nicht nächste Woche mit ihm Schlittschuh laufen möchte.

Kein Kind in Tamerland fährt Skateboard. Das hat sie inzwischen begriffen.

Schlittschuh laufen?

Sie sei nicht besonders gut im Eislaufen, meint Emma.

Und außerdem hat sie gar keine Schlittschuhe. Sie hat ja nur das Skateboard mitgenommen.

Ich keine Schlittschuhe, sagt sie.

Keine Schlittschuhe? Das ist aber schade. Es scheint Maute tatsächlich leid zu tun, daß sie seine Einladung nicht annehmen kann.

Gemeinsam gehen sie ins Klassenzimmer zurück.

Maute gefällt ihr.

Und sie gefällt anscheinend auch Maute.

11. Kapitel

Warum die Tamerländer Handschuhe tragen,
sich dreimal täglich duschen,
sich niemals die Hand geben, sich nicht küssen
und warum sie lieber Schlittschuh laufen,
statt Skateboard zu fahren . . .

Sie lernt viel, seitdem Maute sich um sie kümmert.

Er hat inzwischen zwar auch mit einem Jungen aus der Klasse Freundschaft geschlossen, trotzdem redet er jede Pause mit Emma. Und seit Emma ein bißchen mehr Tamerisch kann, fragt sie und fragt und fragt. Maute läßt sich geduldig Löcher in den Bauch fragen. Geduldig gibt er Antworten.

Auf diese Weise lernt Emma, zum Beispiel, daß die weißen Handschuhe von allen Tamerländern aus Hygienegründen getragen werden. Vor nichts haben die Tamerländer mehr Angst als davor, krank zu werden.

Und weil sie meinen, in jedem Schmutzkörnchen sitze ein Krankheitserreger, lassen sie auch nicht den kleinsten Krümel an die Haut kommen. Sie geben sich zur Begrüßung auch nicht die Hand in Tamerland. Sie umarmen sich nicht und sie küssen sich nicht. Davon könnten sie ja krank werden.

Angst vor Krankheit ist auch der Grund, warum hier kein Kind Skateboard fährt. Beim Skateboardfahren fällt man ja auch mal hin und macht sich schmutzig.

Es ist viel sauberer, Schlittschuh zu laufen. Die Eisbahnen sind reinlich gefegt. Und im Eis, das weiß jedes Kind, können Krankheitserreger nicht so gut leben wie im Straßenstaub.

Ja, deshalb werden auch alle Lebensmittel eingefroren, selbst der Kopfsalat. Sie sind sehr zufrieden mit ihrem Winterland, die Tamerländer. In wärmeren Ländern, meinen sie, gibt es sehr viel mehr Schmutz und sehr viel mehr Krankheiten. In wärmeren Ländern verkehren die Menschen leichtsinnig und unvernünftig miteinander. Sie geben sich die Hand. Sie umarmen sich. Sie küssen sich sogar. Häufig auch noch auf den Mund! Ja, und sie leben eng in ihren Wohnungen zusammen. In sehr warmen Ländern soll es sogar so sein, daß nicht nur Eltern und Kinder in einer Wohnung zusammen sind, nein, sogar die Großeltern, Tanten, Onkel und was es sonst noch an Familienmitgliedern gibt, wohnen dort auf einem Haufen. Sie haben auch zu viele Kinder, die Menschen in wärmeren Ländern. Außerdem essen sie Gemüse, Fleisch und Obst, das nicht tiefgefroren ist. Sie fürchten sich nicht einmal davor, zum Beispiel einen Apfel von einem Baum zu pflükken und gleich aufzuessen.

Diese Menschen haben nicht nur keine Angst vor dem Schmutz, nein, sie sollen sich nicht einmal richtig waschen. Richtig waschen bedeutet: mindestens dreimal täglich unter die Dusche gehen, so, wie es die Tamerländer tun. Duschen, abseifen, duschen, abtrocknen. Und wieder duschen, abseifen, duschen, abtrocknen.

Deshalb riechen die Menschen aus wärmeren Ländern auch anders. Sie haben einen Körpergeruch. Sie riechen, weil sie sich angeblich nicht so häufig waschen wie die Tamerländer. Sie riechen aber auch, weil sie anders essen. Ihr Obst, ihr Gemüse, ihr Fleisch schmeckt anders als das tamerländische.

Das Essen in wärmeren Ländern soll sehr eigenartig sein. Auch deshalb, weil sie seltsame Gewürze ins Essen mischen. Zum Beispiel soll es in einigen wärmeren Ländern üblich sein, in den Salat Petersilie, Schnittlauch, Dill, Zwiebeln und sogar Knoblauch zu geben. Wenn die Tamerländer nicht gelernt hätten, aus Höflichkeit so wenig Gefühle wie möglich zu zeigen, müßten sie dauernd pfui Teufel oder igittigitt sagen, wenn sie von den Menschen in wärmeren Ländern reden.

Die meisten Kinder halten Abstand zu Emma.

Es ist aber nicht nur der Geruch, behaupten die Kinder, es ist auch, weil Emma überhaupt ganz anders ist. Es sind nicht nur diese unmöglichen Jeans. Emma sieht auch sonst so anders aus, weil sie keine karottenfarbenen Haare hat und nicht so groß und stämmig ist.

Außerdem ist es schwierig, mit ihr vernünftig zu reden. Sie spricht so eine komische Sprache, die an keiner Schule unterrichtet wird. Sicher, wer es unbedingt will, der kann Deutsch in einem Abendkurs lernen. Aber, wer will das schon?

Inzwischen kann sie zwar ein paar Brocken Tamerisch, sie spricht sie nur falsch aus, und sie beherrscht die Grammatik nicht richtig. Sie macht so viele Fehler, daß es mühsam ist herauszufinden, was sie denn nun eigentlich meint.

Und Schlittschuh laufen kann sie auch nicht besonders gut. Sie hat nicht einmal eigene Schlittschuhe, nur eine Skateboardausrüstung.

Emma verteidigt sich.

Das ist doch alles Quatsch, sagt sie.

Kein Mensch bei uns wird krank, bloß weil er keine Handschuhe trägt, weil er sich nicht dreimal täglich duscht, weil er Fleisch beim Metzger kauft, weil er mit seinen

Eltern in einer Drei-Zimmer-Wohnung lebt, weil er sich gerne streicheln läßt oder auch küssen. Und kein Mensch wird bei uns krank, weil er Petersilie, Schnittlauch und Dill gerne am Salat ißt. Im Gegenteil. Petersilie, Schnittlauch und Dill sind sehr gesund!

Aber für die Tamerländer ist Emma die Verrückte.

Eigentlich müßte sie längst schon todkrank sein, weil sie immer noch ihre ungewaschenen Jeans trägt, weil sie den grauen Pullover höchstens mal gegen einen blauen austauscht.

Das behauptet Aussa.

Sie kommt eines Tages in der Pause auf Emma zu. Emma und Maute sind zusammen und reden miteinander. Aussa steht auf einmal zwischen ihnen.

Meine Freundinnen, sagt sie, wollen wissen, ob alle Leute in Deutschland so herumlaufen wie du.

Es geben einige, antwortet Emma.

Es gibt einige, verbessert Aussa spitz und bohrt weiter: Hast du in diesen schmutzigen Kleidern in die Schule kommen dürfen?

Am liebsten würde Emma antworten: Warum denn nicht? Was ist schon dabei? Bei uns ist das eben so und bei euch anders, und du bist eine dumme, eingebildete blöde Kuh!

Aber leider reichen ihre Sprachkenntnisse dafür wieder einmal nicht aus. Deshalb kann sie nur nicken.

Ich würde mich schämen, so herumzulaufen wie du. Das sagen auch meine Freundinnen, meint Aussa. Komisch, daß du dabei nicht krank wirst.

Ehe Emma darauf antworten kann, dreht sie sich um, sagt noch so nebenbei zu Maute: Wie kann man nur mit so einer befreundet sein! und kehrt zu ihren Freundinnen zurück.

Emma sieht, wie sie die Köpfe zusammenstecken und flüstern.

Ich will heim! denkt sie, ich will so schnell wie möglich wieder nach Hause!

Sie sind alle häßlich und gemein.

Nur Blau Aublaum nicht und Maute.

Maute hält zu ihr. Der läßt sich auch von Aussa nicht einschüchtern. Er hat Emma sogar überredet, endlich mit ihm Schlittschuh laufen zu gehen, auch wenn sie keine eigenen Schlittschuhe hat.

Und so wartet er am späten Nachmittag nach der Schule vor der Tür zu Blau Aublaums Zimmer auf Emma, die dort drinnen Tamerisch lernt.

Wenn sie alleine sind, darf Emma sich wie beim erstenmal auf Blau Aublaums Schreibtischecke setzen. Und wenn er Emma zur Begrüßung auf deutsch fragt: Wie geht es dir, Emma? antwortet Emma: Danke, und wie geht es Ihnen? Dann lächeln sie sich an wie zwei Verschwörer, und Blau Aublaum fragt auf tamerisch: Und wie geht es dir heute wirklich, Emma?

Heute antwortet Emma: Ich glaube, mir es geht gut. Ich endlich jemanden gefunden, mit dem ich Freund sein kann.

Sie wird Maute bitten, mit ihr hinaus vor die Stadt zu den Apfelplantagen zu fahren. Ja, das ist ein guter Gedanke. Warum ist sie nicht schon früher darauf gekommen?

Sie erzählt Blau Aublaum von Maute. Er hört zu, aber er verbessert auch ihre Fehler, genauso, wie sie Yüksel verbessert hat.

Am Ende der Stunde steht er hinter seinem Schreibtisch auf und bringt sie zur Tür. Draußen wartet Maute. Er hat zwei Paar Schlittschuhe über die Schultern gehängt.

Das zweite Paar gehört seiner Mutter. Sie trug sie, als sie sechs Jahre alt war. Für Emmas kleine Füße genau die richtige Größe. Er hat sie heimlich aus dem Schrank genommen und mitgebracht.

Guten Tag, Maute, sagt Blau Aublaum auf deutsch. Maute versteht natürlich kein Wort. Deshalb fügt Blau Aublaum auf tamerisch hinzu: Schön, daß du dich ein bißchen um Emma kümmerst!

Maute wird rot bis zu den Ohrläppchen, sagt aber: Wir wollen Schlittschuh laufen gehen, und macht einen Diener, wie es tamerländische Jungen tun.

Mit der U-Bahn fahren sie zur großen Eisbahn im Einkaufszentrum, von der Inge und Peter erzählt haben.

So dumm stellt sich Emma gar nicht an. Es überrascht sie auch nicht, daß hier keiner paarweise Schlittschuh läuft. Jeder fährt für sich allein.

Nur Maute bleibt auf dem Eis in ihrer Nähe. Nah genug, um miteinander zu sprechen. Er zeigt ihr Rückwärtsfahren und Schleifenlaufen. Maute ist ein ausgezeichneter Schlittschuhläufer.

Als sie eine Stunde später die Schlittschuhe ausziehen, fragt Emma: Du wissen, wie kommen zu den Apfelplantagen, welche draußen vor die Stadt sind?

Mit der U-Bahn, antwortet Maute, was willst du dort?

Apfel, antwortet Emma, du mir helfen?

Maute nickt, brummelt aber dann: Du bist das verrückteste Mädchen, das ich kenne. Äpfel kriegst du in jedem Supermarkt.

Ich wissen, antwortet Emma, aber ich brauchen anderen Apfel.

Und dann bittet sie Maute: Du mich bessern, wenn Sprache schlecht!

Maute, der wie alle tamerländischen Kinder gelernt hat, nur zu lächeln, höchstens mal zu grinsen, lacht zum erstenmal. Ein bißchen zaghaft noch, aber er lacht, schüttelt den Kopf und meint: An dir ist nichts zu bessern! Du bist unverbesserlich! Nur dein Tamerisch, das läßt sich sicher noch verbessern!

Erst danach wird ihm klar, daß er gelacht hat. Erschrokken hebt er die Hand zum Mund, als müßte er das Lachen zurückdrängen.

Ich glaube, denkt Emma, Maute könnte wirklich mein Freund werden.

Als sie nach dem Schlittschuhlaufen heimkommt, erlebt sie eine Überraschung. Die Küche steht voller Blumentöpfe. Überall ist Blumenerde verstreut: auf dem Küchentisch, auf dem Fußboden, im Spülbecken und auch auf Emmas Sitzplatz. Und Inge ist fröhlich. Sie pfeift einen Schlager vor sich hin. Meistens pfeift sie falsch. Sie umarmt Emma.

Stell dir vor, sagt sie, stell dir vor, ich habe einen winzigen Laden gefunden. Nicht im Einkaufszentrum, sondern in einer Nebenstraße im ältesten Stadtteil.

Und der verkauft Blumentöpfe und Erde?

Nicht nur das. Er verkauft alles, was man für den Garten braucht.

Lauter Ausländer kaufen in diesem Laden ein. Als ob es tatsächlich irgendwo in der Stadt Gärten gäbe.

Aha! meint Emma trocken. Und du willst jetzt in Blumentöpfen Apfelbäume züchten?

Dafür sind die Töpfe allerdings ein bißchen klein. Außerdem braucht so ein Baum doch Jahre, bis er groß ist.

Apfelbäume? Wie kommst du denn darauf?

Hältst du mich für verrückt? fragt Inge. Ich werde Petersilie, Schnittlauch und Dill darin züchten. Die Samen dafür habe ich heute auch gekauft.

Aha! antwortet Emma nur.

Zu Hause hat Inge nie irgendwelche Blumentopfanfälle bekommen.

Nur mit den Zwiebeln, sagt Inge, wird das schwierig. Ich glaube, Zwiebeln lassen sich nicht in Blumentöpfen ziehen.

12. Kapitel

Emma und Maute begegnen einem amerikanischen Gastarbeiter, der seine Wäsche lieber an der Luft trocknet, und sie erhalten eine wichtige Information . . .

Inge hatte recht.

Hier wachsen die Apfelbäume, ohne jemals die Sonne, den Wind oder den Regen auf ihren Blättern zu spüren. Sie sind in riesigen Glashäusern eingesperrt – wie zu Hause die Tomaten in Gewächshäusern.

Wie, um Himmels willen, soll Emma hier ihren Apfel finden?

Sie ist mit Maute bis an den Stadtrand gefahren. Am Eingang zur Apfelplantage werden sie vom Pförtner angehalten. Ganz bestimmt ist er kein Tamerländer. Er hat schwarze Haare und lustige braune Augen.

Was wollt ihr denn hier? fragt er, und sein Tamerisch klingt auch nicht so, als hätte er's von klein auf gelernt.

Meine Freundin, antwortet Maute und deutet mit dem Daumen auf Emma, sucht einen Apfel aus Deutschland.

So, so! meint der Pförtner und betrachtet die winzige Emma von unten bis oben, ehe er den Mund zu einem breiten Grinsen verzieht und den Kindern seine schönen weißen Zähne zeigt. So, so.

Wir haben hier, sagt er dann, weder Weintrauben aus Italien, noch Oliven aus Spanien, wir haben keine Bananen aus Mali und keine Orangen aus Israel, keinen türkischen Honig und keinen Weizen aus Amerika, und natürlich haben wir auch keine Äpfel aus Deutschland. Hier gibt es nur Früchte aus Tamerland. Die sehen zwar schön aus und lassen sich gut einfrieren, aber sie schmecken nach nichts.

Ich wissen, antwortet Emma auf tamerisch und zum erstenmal ein bißchen hilflos. Es wäre ein Wunder, wenn sie den Apfel hier fänden.

Maute übersetzt. Sie sagt: Ich weiß.

Er hätte gar nicht übersetzen müssen. Der Pförtner zeigt noch einmal seine weißen Zähne, aus dem Grinsen wird sogar ein leises Lachen, das in Tamerland gar nicht so gern gehört wird.

Deine Freundin stammt wohl aus Deutschland? fragt er. Emma nickt.

Ich komme aus den Vereinigten Staaten, sagt er, Amerika.

Do you speak English?

Emma nickt noch eifriger: A little bit! antwortet sie, I am learning English at school.

You are a nice little girl, really! sagt er.

Und dann fragt er Emma auf englisch, wie denn der Apfel aussehen und wie er schmecken soll. Er weiß noch, wie *richtige* Äpfel tatsächlich schmecken. Ihm muß sie keine langen Erklärungen geben. Er bewundert Emmas Jeans und die gelbe aufgestickte Sonne auf ihrem grauen Pullover. Emma erzählt vom Skateboardfahren daheim, und er erzählt davon, daß er in Detroit, einer großen Stadt in Amerika, Automechaniker gewesen ist, ehe er arbeitslos wurde.

Maute hört mit großen Augen aufmerksam zu. Er kann genausoviel Englisch wie Emma, denn Englisch lernen sie auch in Tamerland.

Gefällt es dir in Tamerland? fragt der Pförtner, der nicht

nur schwarze Haare hat, sondern auch mehr breit als lang ist.

Nein, antwortet Emma, nur Maute gefällt mir.

Der Pförtner nickt. Aber sie haben Arbeit für uns, sagt er, sie haben viel Arbeit für die arbeitslosen Leute aus Amerika oder Europa.

Ich bin auch nicht gerne hier. Trotzdem bin ich froh, hier Geld verdienen zu können. Auch, wenn es Arbeit ist, die die Tamerländer selbst nicht gerne tun.

Was ist das für Arbeit, die wir Tamerländer selbst nicht gerne tun? will Maute wissen.

Das, was ich hier mache, antwortet der Pförtner und grinst nun gar nicht mehr.

Er ist sehr ernst geworden und zeigt mit einer weitausholenden Handbewegung zu den Gewächshäusern der Plantage: Was ich mache, was die Arbeiter in den Obst- und Gemüseplantagen machen, die Arbeiter auf den Fleischfarmen und die in den Fabriken. Die Arbeit, die keiner gerne tut, die schmutzig ist oder langweilig oder schlechter bezahlt wird als andere Arbeit.

Maute hat ihm aufmerksam zugehört. Jetzt fängt er an, laut nachzudenken: Stimmt es denn nicht, fragt er, was mein Vater sagt, daß die Gastarbeiter den Tamerländern die Arbeit wegnehmen?

Der Amerikaner schüttelt traurig den Kopf: Nein, das stimmt nicht. Noch stimmt es nicht. Erst, wenn es euch Tamerländern schlechtgeht, dann werdet ihr auch diese Art Arbeit tun wollen, und dann werden wir auf einmal überflüssig, und ihr würdet uns am liebsten aus eurem Land jagen. Aber noch geht es euch nicht schlecht.

Nein, noch geht es uns nicht schlecht, gibt Maute zu.

Und Emma weiß nun, warum Peter nicht als Architekt,

sondern in der Fabrik in Tamerland arbeiten muß. Ob es schon viele Gastarbeiter in Tamerland gibt?

Vielleicht auch welche aus Deutschland?

Ja, es gibt bereits sehr viele Gastarbeiter hier.

Viele aus Amerika, aus Schweden, Holland, Italien, aus Spanien, aus Frankreich und Kanada, aus Großbritannien und nun auch schon aus Deutschland.

Am schlimmsten ist es für die Menschen aus Italien und Spanien in Tamerland. Weil es so dunkel und kalt ist. Sie essen auch lieber Knoblauch als Petersilie und Schnittlauch. Knoblauch riecht viel stärker. Und diesen Geruch können die Tamerländer noch weniger vertragen als den von Petersilie, Schnittlauch, Dill oder Zwiebeln.

Schließlich kommt er wieder auf Emmas Apfelwunsch zurück. Ich bin sicher, sagt er auf englisch: I am sure, du wirst diesen Apfel hier nicht finden. Davon abgesehen, daß ihr tagelang durch die Plantagen laufen und suchen müßtet. Es gibt solche Äpfel hier ganz bestimmt nicht.

Er hat recht, denkt Emma: Wieso sollten hier andere Äpfel wachsen als diejenigen, die sie bereits ausprobiert hat? Es sind ja diese Äpfel, die in den Supermärkten verkauft werden.

Sie spürt, wie sie traurig wird. Zuerst ist es ein dicker Kloß im Hals, und dann hat sie Tränen in den Augen, obwohl sie doch nur ganz selten weint.

Und diesmal ist es kein Weinen aus Wut. Es ist ein Weinen aus Traurigkeit und Hilflosigkeit. Wie soll sie je nach Hause zurückkommen, wenn sie diesen Apfel nicht findet?

Warum ist sie nur so dumm gewesen, sich auf diese Geschichte einzulassen?

Jetzt könnte sie daheim vor dem Fernseher sitzen und einem Opa beim Jogging oder einem Nationalschwimmer beim Training zusehen oder mit Yüksel auf dem Spielplatz Skateboard fahren, ohne sich wegen irgendwas Sorgen zu machen oder auch traurig zu sein. Aber, sie wäre daheim.

Sie hat nicht einmal ein Taschentuch dabei!

Und überhaupt: Genauso, wie man in Tamerland nicht lacht, weint man auch nicht.

Aber jetzt ist sowieso alles egal.

Alles ist egal!

Sie heult ordentlich los. Sie heult und schnieft und schnieft und heult.

Plötzlich merkt sie, wie jemand den Arm um ihre Schultern legt und ihr ein sauberes, weißes und frisch gebügeltes Taschentuch vor die Augen hält. Sie denkt, es sei der Pförtner. Aber es ist Maute. Tatsächlich! Es ist Maute. Obwohl die Tamerländer doch niemanden umarmen. Maute hat einfach den Arm um ihre Schultern gelegt und sagt etwas unbeholfen: He! Emma!

Und hält ihr das frische Taschentuch hin, das er immer bei sich hat. Was ist los mit dir? fragt er.

Nix los mit mir, antwortet Emma, nimmt das Taschentuch dankbar an und schneuzt sich kräftig die Nase, ehe sie die Tränen vom Gesicht wischt.

Sie will Maute erklären, daß sie unbedingt diesen Apfel finden möchte, daß davon ihre Rückkehr nach Hause abhängt. Aber ihr fällt kein einziges tamerisches Wort mehr ein. Sie hat nur noch deutsche Wörter im Kopf. Es ist wie verhext.

Maute läßt ihre Schultern wieder los. Und Emma hört den Pförtner zu Maute etwas auf tamerisch sagen: Sie versteht nur: Sie hat . . .

Das Wort, das er verwendet, kennt sie noch nicht.

Hey, girl, sagt er dann zu ihr, schiebt das Fenster der

Pförtnerloge so weit auf, so weit es sich nur aufschieben läßt, beugt sich hinaus und winkt Emma zu sich. Auch Maute macht er ein Zeichen, dicht zu ihm heranzukommen.

Paßt auf, erklärt er, wenn euch so viel an diesem Apfel liegt, dann müßt ihr in einem ganz bestimmten Stadtviertel danach suchen.

Welches Stadtviertel? fragt Maute.

Er läßt es sich vom Pförtner genau erklären. Es gibt ein Stadtviertel. Die Tamerländer nennen es das Italiener-Viertel. Dort leben schon seit vielen Jahren Gastarbeiter. Sie sind nach Tamerland gekommen, nachdem es in Deutschland keine Arbeit mehr für sie gab. Und sie haben sich kleine private Gärten angelegt.

Obwohl nicht viel in Tamerland wächst, weil es zu kalt ist, könnte es möglich sein, daß Emma dort den Apfel findet, den sie sucht.

Maute hat schon von diesem Stadtviertel gehört.

Für die Tamerländer ist es ein verrufenes Viertel. Seine Mutter wird ihm nie erlauben, dorthin zu gehen. Die Menschen dort sind unordentlich und schmutzig. Sie hängen sogar die Wäsche zum Trocknen über die Straße, anstatt sie in einer Wäschetrommel trockenzuschleudern.

Jetzt grinst der Pförtner wieder.

Ja, ja, sagt er, bei uns in Amerika sind sie genauso verrückt mit der Sauberkeit. Wir hatten in Detroit alles: Waschmaschine, Spülmaschine, Wäschetrockner. Nur eins kann ich dir sagen, Junge, die Wäsche, die an der frischen Luft getrocknet wird, die riecht viel besser.

Auf dem Heimweg fragt Emma Maute, ob er sie in dieses Viertel bringen wird. Sie merkt, daß er sich ein bißchen davor fürchtet.

Wenn du nicht können, dann ich gehen allein, radebrecht sie.

Maute will es sich überlegen. Emma soll ihm etwas Zeit lassen.

Als sie ihn fragt, was das tamerische Wort bedeutet, das sie vorhin nicht verstanden hat, versucht er es ihr zu erklären: Traurigkeit, sagt er, es bedeutet Traurigkeit, weil du nicht zu Hause, sondern in einem fremden Land bist und eigentlich lieber daheim wärst.

Heimweh, sagt Emma, auf deutsch nennen wir es Heimweh.

13. Kapitel

Inge tut so, als sei ein bißchen Schnittlauch im Blumentopf schon die Rückfahrkarte nach Hause . . .

Heimweh?

Ach was! Sie hat doch kein Heimweh!

Andere haben Heimweh. Inge, zum Beispiel. Oder auch Peter.

Emma ist sich ganz sicher: die beiden haben Heimweh.

Erst neulich hat Peter zu Inge gesagt: Mein Gott! Ich gäbe sonstwas drum, wenn wir beide jetzt einfach losziehen und auf ein Bier in 'ne Kneipe gehen könnten!

Weil die Tamerländer nicht gesellig sind, gibt es natürlich auch keine Kneipen wie in Deutschland. Dabei sind Inge und Peter zu Hause nur sehr selten mal schnell auf ein Bier weggegangen. Aber Peter tut plötzlich so, als sei das sein sehnlichster Wunsch. Weil er Heimweh hat.

Und Inge hat immer noch ihren Blumentopfrappel.

Natürlich liegt keine Erde mehr in der Küche herum. Inge hat alles wieder saubergemacht, und die Blumentöpfe stehen am Küchenfenster. Aber, wie oft hat sie Inge jetzt schon dabei erwischt, wie sie am Fenster steht und nachsieht, ob nicht endlich ein bißchen Grün aus der Blumentopferde herauskommt. Sie macht dann ein trauriges Gesicht und tut so, als hinge von diesem Grünzeug ihr ganzes Glück ab.

Hätte ich mich doch nur schon daheim fürs Gärtnern interessiert! seufzt sie manchmal. Außerdem redet sie von nichts anderem mehr. Und seit neuestem macht sie sogar den Versuch, Zwiebeln in Blumentöpfen zu züchten.

Yüksels Mutter käme nie auf die verrückte Idee, Knoblauch im Blumentopf zu ziehen! Oder doch?

Auf jeden Fall haben andere Heimweh. Aber doch nicht sie, Emma!

Dieses komische Gefühl, das sie manchmal hat, das ist doch kein Heimweh. Dieser Kloß, der ihr dann im Hals steckt, oder das Bedürfnis, einfach loszuheulen, oder der Wunsch, endlich einmal wieder einen ganzen Tag von morgens bis abends im Stadtpark spazierenzugehen, das ist doch kein Heimweh! Ganz davon abgesehen, daß sie daheim keine zehn Pferde dazu bringen könnten, auch nur eine Stunde lang im Stadtpark spazierenzugehen. Nichts ist langweiliger, als einfach nur spazierenzugehen. Das ist was für Erwachsene, nicht für Emma.

Wahrscheinlich hat sie diesen Wunsch nur deshalb, weil es hier gar keinen Stadtpark gibt. Im Winter wünscht sie sich ja auch den Sommer herbei und im Sommer den Winter. So ist das nun mal. Nein, sie hat kein Heimweh, beschließt Emma, und damit basta. Diese Aufgabe des Karottenkerlchens ist wirklich ein Kleckerkram. Da wird sie sich nicht sonderlich anstrengen müssen.

Und vom Heimweh, das Inge und Peter haben, davon hat das Karottenkerlchen ja nichts gesagt.

Als sie an diesem Nachmittag von der Schule heimkommt, hat sich etwas verändert.

Inge ist nicht da. Dafür wartet Peter auf sie und macht ein Gesicht wie drei Tage Regenwetter.

Wo ist Inge? fragt Emma verwundert. Bisher ist sie immer von Inge empfangen worden. Peter war meistens noch gar nicht da, weil er Überstunden machte.

Inge ist arbeiten, antwortet Peter und sagt, er habe einen Riesenhunger. Ob sie sich nicht ein paar belegte Brote in der Küche machen wollten?

Das ist ja eine tolle Neuigkeit: Inge hat endlich Arbeit gefunden.

Emma freut sich für Inge. Sie hat lange nach einer Arbeit gesucht. Daheim in Deutschland arbeitet sie als Sekretärin. In Tamerland wollte sie keiner haben. Wegen der Sprache. Solange sie nicht perfekt Tamerisch spricht, kann sie nicht als Sekretärin arbeiten. Deshalb hat Inge nicht nur angefangen, Tamerisch zu lernen, sondern auch angefangen, nach einer anderen Büroarbeit zu suchen. Zum Beispiel Akten ablegen oder so etwas, hat sie gesagt.

Vielleicht nehmen sie mich als Bürohilfskraft?

Und nun hat sie also Arbeit gefunden.

Emma bestreicht die Brotscheiben mit Margarine, während Peter die Wurst auflegt. Sie haben beide ganz ordentlich Hunger.

Finde ich prima! sagt Emma. In welchem Büro arbeitet Inge denn?

Peter macht sein Regenwettergesicht. Ja, er wirkt sogar ein wenig zornig. Sie hat ihn bisher nur selten zornig erlebt.

In keinem Büro, antwortet er und beißt hastig und auch ein bißchen wütend in sein Brot: Inge hat einen Job als Putzfrau gefunden.

So ist das also. Inge geht putzen.

Sie geht nicht etwa putzen, weil ihr das besonders Spaß macht. Sie geht putzen, weil sie keine andere Arbeit findet.

Emma muß an Yüksels Mutter denken.

Warum kann Inge nicht einfach daheim bleiben? Peter verdient doch in Tamerland viel mehr Geld als zu Hause. Das hat er selbst gesagt!

Ja, antwortet Peter und kaut mißmutig auf seinem Brot herum, es hat schon seinen Grund, warum man in Tamerland mehr Geld verdient als zu Hause.

Welchen?

Das Leben hier kostet mehr als bei uns, deshalb muß man auch mehr verdienen. Nimm bloß mal die Sache mit der Heizung. Es ist hier so kalt, daß du viel mehr und viel länger heizen mußt als bei uns. Hier müssen wir zwölf Monate im Jahr heizen. Und Heizung kostet viel Geld. In Deutschland brauchen wir nur für sechs oder sieben Monate Heizung.

Wir brauchen das Geld, sagt er, wir brauchen ganz schlicht und einfach das Geld, das Inge jetzt mit Putzen dazuverdient.

Als Inge eine Stunde später heimkommt, sieht sie müde aus. Wenn Inge müde aussieht, dann sind die Falten in ihrem Gesicht schärfer und die Augen kleiner. Vor allem die beiden Falten, die rechts und links von der Nase zu den Mundwinkeln laufen, sind dann sehr tief eingegraben.

Wie bei der Oma, denkt Emma. Ob ich später auch einmal solche Falten habe?

Peter macht Inge ein Wurstbrot. Sie soll sich ausruhen, sagt er.

Und Inge sitzt neben Emma am Küchentisch und erzählt von ihrer Arbeit. Sie putzt in einem Bürohochhaus. Es hat zwölf Stockwerke, und in jedem Stockwerk macht eine Gruppe von fünf Frauen sauber.

Sechzig Frauen, berichtet Inge, und alles Frauen von Ausländern. Außer mir ist noch eine Deutsche dabei und eine Türkin, die ein bißchen Deutsch spricht.

Eine Türkin, die Deutsch spricht? Das ist ja seltsam.

Wie sieht sie denn aus? erkundigt Emma sich, trägt sie ein dunkles Kopftuch?

Peter lacht: Alle Türkinnen sind klein und rundlich, und die meisten tragen ein Kopftuch!

Unsinn! Yüksels Mutter ist zwar auch klein, aber nicht rundlich. Außerdem trägt sie ein buntes Kopftuch.

Und außerdem sieht jeder Mensch anders aus!

Wie kannst du nur so etwas sagen, protestiert Emma, das klingt ja so wie: alle Deutschen riechen nach Petersilie und Schnittlauch und Zwiebeln! Das stimmt doch gar nicht.

Nun ja, meint Inge und legt beruhigend einen Arm um Emmas Schultern, für Nasen, die nicht daran gewöhnt sind, riechen wir vielleicht nach Petersilie, Schnittlauch und Zwiebeln. Deshalb sind wir jedoch keine anderen Menschen und schon gar keine Menschen, die weniger wert wären. Alle Menschen sind gleich viel wert, egal, wie sie aussehen oder wie sie riechen, oder?

Nun ja, brummelt Peter, ich hab's ja auch gar nicht so gemeint. Unsere Spitzmaus hat das in den falschen Hals gekriegt.

Lustig ist nur, sagt Inge, daß sie tatsächlich so aussieht.

Wer?

Die Türkin, die ich kennengelernt habe. Sie ist klein und rundlich, trägt ein dunkles Kopftuch und wohnt wie die meisten Frauen, die dort putzen, im sogenannten Italienerviertel. Dort sollen übrigens die Wohnungen viel billiger sein als hier.

Italienerviertel? Emma spitzt die Ohren. Sie ist eben doch so etwas wie eine Spitzmaus.

Weißt du denn, wo das liegt?

Nicht genau, antwortet Inge, irgendwo draußen am Stadtrand. Warum?

Emma erzählt von ihrem Ausflug zu den Apfelplantagen und vom amerikanischen Pförtner.

Ach, du mit deiner verrückten Apfelidee! sagt Peter und meint das auch so schlecht gelaunt, wie es klingt.

Emma stellt schon wieder die Igelstacheln auf. Wenn er schlechte Laune hat, weil Inge putzen gehen muß, dann kann sie auch schlechte Laune haben. Ehe sie jedoch losfaucht, wird sie unterbrochen. Inge springt plötzlich auf und stürzt zu ihren Blumentöpfen.

Da! Guckt mal! ruft sie ganz aufgeregt. Nun guckt doch mal! Der erste Schnittlauch, Kinder! Der erste Schnittlauch!

Das klingt wie: der erste Schnee! Der erste Schnee! Allerdings dürfte es etwas schwierig sein, aus Schnittlauch Schneebälle zu backen.

Immerhin: In zwei Töpfen sprießen die ersten grünen Spitzen, und Inge gerät vor Freude aus dem Häuschen. So, als hätte ihr jemand die Rückfahrkarte nach Hause geschenkt.

14. Kapitel

Wie es möglich ist, in einem Spinnennetz U-Bahn zu fahren und die einzigen Gärten von Tamerland zu finden . . .

Hallo, Emma! sagt er und sitzt wieder einmal auf der linken Ecke des Fernsehgeräts. Du willst mich zwar nicht mehr rufen, ehe du den Apfel nicht vorzeigen kannst. Aber ich hatte Lust, dich auch zwischendurch einmal zu besuchen!

Diesmal hatte er sogar Schuhe und Strümpfe an.

Dir ist wohl kalt? fragt Emma, die schon im Bett liegt und ihre Skateboardmontur unter der Bettdecke verstaut hat. Andere halten sich ein Kuscheltier, Emma ein Skateboard.

Natürlich ist mir kalt. Ich will mir doch nicht die Zehen erfrieren! antwortet er.

Dabei dürfte ihm die Kälte in Tamerland eigentlich nichts ausmachen. Schließlich ist er ein Tamerländer, wenn auch ein winziger. Das sieht ja jedes Kind. Schon wegen der Haare.

Du hast recht, sagt er, trotzdem versuche ich, so oft wie möglich aus Tamerland herauszukommen, damit ich barfuß laufen kann.

Ganz schön verrückt.

Erzähl mal, fordert er Emma auf, wie es dir inzwischen so ergangen ist. Wir haben uns ja wochenlang nicht mehr gesehen!

Aber selbstverständlich weiß er längst alles, was Emma inzwischen erlebt hat. Emma merkt es, als sie von Blau Aublaum, dem Schnittlauch, von Aussa und von Maute erzählt. Er weiß Bescheid, aber er hört geduldig zu, ähnlich wie Blau Aublaum.

Er sagt auch nicht etwa triumphierend: Es geht dir doch nicht schlecht in Tamerland. Du hast zu essen, hast eine gute Schule, kannst in unterirdischen Einkaufszentren Eislaufen. Dein Vater verdient ordentlich Geld. Mehr als zu Hause.

Er sagt nicht: Dir geht es doch gut! Ich weiß gar nicht, warum du traurig bist.

Nein.

Er hört einfach nur zu. Baumelt nicht einmal mit den Beinen. Und meint schließlich: Du hast Zeit, Emma.

Zeit wofür?

Den Apfel und Freunde zu finden und dein Heimweh kleinzukriegen.

Ja. Sicher. Sie hat Zeit. Sie kann auch Großmutter werden, bis sie zum Beispiel den Apfel gefunden hat. Dann hat sie ihr ganzes Leben in Tamerland verbracht. Das kann sie sich gar nicht vorstellen. Sie kann sich genausowenig vorstellen, Großmutter zu werden. Trotzdem hat sie natürlich ein Leben lang Zeit, den Apfel und Freunde zu finden und das Heimweh kleinzukriegen. Bloß so viel Zeit will sie dafür nicht verbrauchen.

Das Karottenkerlchen scheint ihre Ungeduld zu verstehen.

Keine Angst, tröstet es sie, der süße Brei kommt am Ende doch zum Stillstand. Aus dem Frosch wird ein Königssohn. Die Gretel schiebt die Hexe in den Ofen. Das Reh wird wieder zum Brüderchen, Schneewittchen stirbt nicht am vergifteten Apfel, Rotkäppchen entsteigt dem Wolfsbauch, und Rumpelstilzchen kriegt doch nicht der Königin ihr Kind.

Ehe Emma irgend etwas darauf antworten kann, verschwindet es genauso überraschend, wie es aufgetaucht ist.

Am nächsten Tag kommt von Maute ein Zettel in der Englischstunde auf ihren Tisch: Ich bringe dich ins Italienerviertel, schreibt er. Ganz klein darunter steht: Erzähle aber niemandem davon!

Weil Mittwoch ist, haben sie bereits mittags Schule aus. Der Mittwoch ist nur ein halber Schultag.

Es ist noch hell, als Maute und Emma zur U-Bahnstation hinuntersteigen.

Auf dem Stadtplan sieht das Streckennetz aus wie ein unterirdisches Spinnennetz. Ohne Maute würde sich Emma ganz bestimmt verirren.

Peter behauptet, diese U-Bahn sei größer als die Metro in Paris oder die Subway in New York. Er ist schon einmal in New York gewesen und zweimal in Paris; er muß es wissen. Außerdem fährt er jeden Morgen mit der Tamerländer U-Bahn zur Arbeit in die Fabrik, die wie die Apfelplantagen am Stadtrand liegt. Ein Auto möchte er nicht kaufen. Die U-Bahn ist billiger, sagt er.

Ja, als sie in Tamerland eingetroffen sind, da hatte er noch ein Auto und vieles andere kaufen wollen, zum Beispiel auch Spül- und Waschmaschine und Wäschetrockner. Er ist begeistert gewesen von den vielen Maschinen, die es hier gibt.

Maschinen kann sich hier anscheinend jeder leisten. Eigentlich sind sie gar nicht teuer, verglichen mit dem Geld, das ich verdiene.

Aber seit einigen Wochen reden Peter und Inge nur noch davon, wie sie möglichst viel Geld sparen können. Peter sagt: Damit es sich lohnt.

Was soll sich lohnen?

Mit viel Geld nach Deutschland zurückzukommen.

Emma muß darüber nachdenken, während sie brav hinter Maute herläuft.

Er kennt sich in diesem unterirdischen Spinnennetz aus. Er weiß, wo sie einsteigen müssen, weiß die Züge, kennt die Umsteigestationen. Emma folgt ihm durch unterirdische Gänge, die hell erleuchtet und rot, grün, gelb oder violett gekachelt sind. Jede Station in einer anderen Farbe. Sie läßt sich von Maute zeigen, wo sie die Münze einwerfen muß, die eine Fahrkarte ersetzt, damit sich die automatischen Zugänge zu den Bahnsteigen öffnen. Es sind schmale Glastüren, die sich zischend auseinanderschieben und nur eine Person hindurchlassen.

Die Bahnen fahren sehr schnell. Und die Leute drängeln nicht. Zum Ein- und Aussteigen stellen sie sich an und rempeln nicht. Sie sind höflich und rücksichtsvoll. Keiner kommt dem anderen zu nahe. Nur die Blicke, die sie Emma zuwerfen, sind nicht so rücksichtsvoll. Aber Emma ist es inzwischen gewohnt, angestarrt zu werden.

Je mehr sie sich dem Italienerviertel nähern, desto leerer wird die Bahn. Tamerländer fahren nicht in diese Gegend.

Sie sind gut eine Stunde unterwegs. Als sie endlich wie Maulwürfe ans Tageslicht zurückkehren, meint Emma, in einer anderen Stadt zu sein.

Die Straßen sind zwar genauso breit und die Häuser genauso hoch wie in dem Viertel, in dem sie mit Inge und Peter wohnt, aber hier fahren weniger Autos. Dafür wimmelt es von Menschen. Es sind vor allem Kinder. Sie spielen auf der Straße. So etwas hat Emma in der ganzen Stadt noch nicht gesehen.

Da! Guck mal! sagt sie auf einmal ganz aufgeregt und auf deutsch. Guck doch mal, Maute! Sie zeigt mit ausgestrecktem Arm auf die andere Straßenseite: Dort drüben fahren sie Skateboard!

Ohne nach rechts oder links zu sehen, rennt sie über die Straße.

Maute folgt ihr verwundert. Warum regt sie sich so auf? Und weshalb spricht sie plötzlich nur noch Deutsch? Sie weiß doch, daß er kein Wort versteht.

Drüben auf der anderen Straßenseite flitzen zwei Jungen auf Skateboards den Bürgersteig entlang.

Emma sieht ihnen begeistert zu. Die beiden Skateboardfahrer beachten sie nicht weiter. Schade. Sie würde so gerne auch mal. Aber die zwei lassen sich nicht stören.

Sie stören sich auch nicht an Emmas Jeans oder dem Pullover. Für diese Jungen ist sie überhaupt nicht auffällig angezogen.

Schließlich zupft Maute sie vorsichtig am Ärmel. Wir wollen nach deinem Apfel suchen, sagt er leise.

Richtig. Das hätte sie beinahe vergessen.

Wo sind denn hier die Gärten, von denen der Pförtner erzählt hat?

Sie blickt sich suchend um.

Am Ende der Straße, erklärt Maute, gibt es ein unbebautes Grundstück. Ich glaube, dort sind auch die kleinen Gärten.

Diese Straße scheint überhaupt kein Ende zu nehmen.

Wenn ich mein Skateboard dabei hätte, denkt Emma, käme ich viel schneller voran, und die Füße würden mir dann auch nicht so weh tun.

Hier wohnen anscheinend nicht nur Italiener. Sie entdeckt auch Chinesenkinder und Kinder mit hellblonden Haaren und zwei Schwarzafrikaner.

Ja, erzählt Maute, es heißt nur Italienerviertel. Ich glaube, weil die Italiener als erste hierher gezogen sind. Inzwischen wohnen eine Menge Gastarbeiter hier.

Endlich erreichen sie das unbebaute Grundstück, und Maute hat recht: Dort gibt es kleine Gärten, wie die Schrebergärten daheim. Es wächst nur weniger in diesen Gärtchen. Wegen der Kälte, natürlich. Pflanzen brauchen Sonne und Wärme. Aber immerhin, es ist grün, und es gibt sogar kleine Obstbäume.

Neugierig steckt Emma ihre Nase durch ein Loch des Maschendrahtzaunes, der das Gelände umschließt. Da wachsen doch tatsächlich Schnittlauch und Petersilie! Davon muß sie unbedingt Inge erzählen! Vielleicht bringt sie ihr sogar ein Bündel mit!

Und, wenn es hier Petersilie und Schnittlauch gibt, wird es auch richtige Äpfel geben!

Sie hat ein Gefühl wie letztes Jahr zu Silvester, als sie zum erstenmal mit Inge und Peter ein Glas Sekt gemeinsam ausgetrunken hat. Oh, ist das schön! Sie wird ihren Apfel finden! Sie wird ganz bestimmt hier ihren Apfel finden!

Vor Freude fängt sie an, vor dem Maschendrahtzaun auf und ab zu hüpfen. Sie ist auf einmal richtig glücklich. Glücklich und fröhlich. Vom linken kleinen Zeh bis zur äußersten Wuschelhaarspitze spürt sie die Freude und fühlt sich wie ein Luftballon, der bis zum Platzen aufgeblasen ist.

Ach, Maute! Ich dir danken! radebrecht sie fröhlich und fällt ihm einfach um den Hals. Maute wird wieder einmal rot und weiß nicht, was er mit Emma anfangen soll, die an seinem Hals hängt und vor Freude zappelt. Er hat ja nie gelernt, daß man einfach die Arme um den anderen legt und ihn vielleicht sogar noch im Kreis herumwirbelt.

Ich mich freuen! Ach, ich mich freuen! ruft Emma auf tamerisch, obwohl sie den Apfel noch nicht gefunden hat.

Dann läßt sie Maute los, der stocksteif und verlegen dasteht. Sie lacht laut und sagt: Komm, wir das Eingang suchen!

Maute schüttelt stumm den Kopf.

Wieso nicht das Eingang suchen? will Emma wissen.

Weil es *der* Eingang heißt und nicht das! antwortet Maute.

Ach so! Emma legt den Arm um seine Schultern: Suchen wir der Eingang!

Maute grinst. Du bist unverbesserlich, sagt er, laß uns den Eingang suchen.

15. Kapitel

Es geht um einen Apfelbaum, eine Türkin, die Deutsch spricht, und darum, daß Maute zum erstenmal Erde zwischen die Finger bekommt . . .

Gemeinsam haben sie den Eingang gefunden; gemeinsam auch den einzigen Apfelbaum, der drei Äpfel trägt, die auf der einen Seite etwas rötlich, auf der anderen grün sind. Es gibt auch andere Apfelbäume. Sie tragen jedoch nur grüne Äpfel.

Dieser hier gehört einer kleinen rundlichen Frau, die ein dunkles Kopftuch trägt.

Sie ist gerade damit beschäftigt, das Unkraut zwischen den Rotkohlköpfen zu jäten.

Guten Tag! sagt Maute. Sie sehen die kleine Frau von hinten, den dunklen Rock, ihre stämmigen Beine und den großen runden Hintern.

Sie richtet sich auf. Blickt die beiden fragend an. Was wollt ihr? fragt sie auf tamerisch.

Aber sie ist keine Tamerländerin. Ihre Aussprache klingt ähnlich wie die Yüksels, wenn er Deutsch spricht.

Sie sein Türkin! flüstert Emma Maute zu.

Ja, sie komme aus der Türkei, antwortet die Frau und lächelt sogar ein ganz klein wenig.

Emma sucht in ihrem Kopf nach allen tamerischen Wörtern, die sie kennt, um zu erklären: Ich zu Hause einen Freund haben, Yüksel. Kommen auch aus der Türkei. Er hat Bruder, der heißt Ismet, und Schwester, die heißt

Aishe, erzählt sie in gebrochenem Tamerisch, schlechter, als Yüksel Deutsch spricht.

Maute reißt die Augen auf: Was? So viele Kinder? fragt er.

Ja, ja, sagt Emma eifrig, sie haben viele Kinder. Und Familie. Großmutter und Tante und Onkel und alles.

Deutschland nix gut zu Türken, sagt plötzlich die kleine runde Frau auf deutsch.

Was? Sie können Deutsch? Emma macht vor Freude einen kleinen Luftsprung. Dann ist es ja viel einfacher, nach dem Apfel zu fragen. Dann muß sie sich nicht mühsam die Wörter in einer fremden Sprache zusammensuchen.

In Deutschland ich müssen Deutsch lernen wegen Arbeit in Fabrik, antwortet die Türkin und betrachtet ernsthaft das kleine deutsche Mädchen, das da mit dem tamerländischen Jungen zwischen ihren Rotkohlköpfen steht: Aber dann Deutsche sagen „Ausländer raus!“, und wir gegangen nach Tamerland, erzählt sie, jetzt ich sprechen schon drei Sprachen: Türkisch und Deutsch und Tamerisch.

Alle Achtung, denkt Emma, wenn ich nicht das Karottenkerlchen, Blau Aublaum und Maute hätte, könnte ich heute noch nicht genügend Tamerisch, um mich zu verständigen. Und diese kleine runde Frau in ihrem winzigen Gemüse- und Obstgarten hat bereits zwei fremde Sprachen lernen müssen, nur, damit sie und ihre Familie Arbeit finden.

Und dann erklärt sie die Sache mit dem Apfel. Natürlich erzählt sie nicht die Geschichte mit dem Karottenkerlchen. Aber sie sagt, daß sie unbedingt einen von den drei Äpfeln braucht, die dort am Baum hängen. Es sind Äpfel wie bei uns zu Hause, sagt sie, wunderschöne Äpfel. Ich habe in der ganzen Stadt danach gesucht. Es gibt sie nur in Ihrem Garten.

Diese Frau hat dunkle Traueraugen wie Yüksel. Und mit ihren Augen hält sie Emmas Blick fest.

Ich gut verstehen, sagt sie und nickt, ich gut verstehen: Du haben Heimweh, kleines Mädchen. Wir alle haben Heimweh. Heimweh, weil gezwungen, in fremdem Land zu leben wegen Arbeit. Ein Leben lang wir kennen Heimweh, sagt sie.

Obwohl Emma von diesen Augen nur liebevoll angeblickt wird, hat sie das Gefühl, in den Arm genommen und gestreichelt zu werden.

Ja, gibt Emma auf einmal zu, Sie haben recht. Sie und Blau Aublaum und der Pförtner. Sie alle haben es früher gemerkt als ich selbst. Daß ich nämlich doch Heimweh habe. Trotzdem lasse ich mich vom Heimweh nicht kleinkriegen! sagt sie und schluckt den Kloß runter, der ihr schon wieder im Hals steckt.

Es sind nur drei Äpfel, sagt die Türkin traurig und erzählt, im Frühsommer seien es elf Äpfel gewesen. Dann hat es so viel geregnet, daß alle Äpfel bis auf diese letzten drei nacheinander unreif vom Baum gefallen sind. Sie würde Emma gerne einen Apfel geben. Aber das ist nicht so einfach.

Ich muß fragen meinen Mann, sagt sie.

Weil Emma und die Türkin Deutsch gesprochen haben, hat Maute kein Wort verstanden. Emma versucht nun, ihm das Gespräch zu übersetzen.

Warum muß sie ihren Mann erst fragen? will er wissen.

In türkischen Familien, erklärt Emma, der Mann ist das Oberhaupt oder so. Er entscheiden. Die anderen tun, was er sagen.

Sie weiß das von Yüksel.

Und was nun? fragt Maute.

Sie müssen warten, bis er von der Arbeit nach Hause kommt.

Noch eine Stunde, sagt die Türkin.

In einer Stunde ist es bereits dunkel, meint Maute, wollen wir wirklich so lange warten?

Emma möchte auf jeden Fall warten. Maute kann ja schon heimfahren, wenn es ihm zu lang ist.

Maute überlegt kurz. Dann entschließt er sich zu warten.

Sie setzen sich auf zwei Steine am Rand des Beetes und sehen der Frau zu, die nun wieder anfängt, das Unkraut zu jäten. Dabei redet sie nicht. Und auch Maute und Emma schweigen eine Weile. Lange sehen sie zu, wie die kleine runde Frau zwischen ihren Rotkohlköpfen steht, die Beine leicht gegrätscht, den Rücken gerundet. Mit der kleinen Harke in der einen Hand lockert sie den Boden, mit der anderen Hand rupft sie geduldig Pflänzchen für Pflänzchen Unkraut aus. Die Haut ihrer Hände ist spröde und rissig und voller brauner Erde.

Die Stunde ist fast vorüber, als Emma bemerkt, wie Maute aufmerksam die eigenen Hände betrachtet. Und dann hört sie ihn tief Luft holen und flüstern: Ich habe noch nie solche Hände gesehen! Sie trägt ja nicht einmal Handschuhe bei der Arbeit!

Er bückt sich und nimmt beinahe ein wenig ängstlich etwas Erde in die Hand, zerreibt sie vorsichtig zwischen den Fingern. Ich habe noch nie Erde gespürt, sagt er, sie fühlt sich gut an.

Emma erinnert sich, wie Yüksel einmal gesagt hat, die Erde in Deutschland fühle sich anders an als die in der Türkei. Sie nimmt ebenfalls etwas Erde vom Boden, zerreibt sie prüfend, schnuppert auch daran, kann aber keinen Unterschied zur Erde daheim feststellen.

Du hast keine Angst, Erde anzufassen? erkundigt sich Maute.

Nein. Warum sollte sie Angst haben, Erde anzufassen? Erde ist doch etwas ganz Normales. Auch wenn sie zu Hause in einer größeren Stadt lebt, weiß sie doch, was Erde ist. Auf jedem Spielplatz und in jedem Park gibt es Erde.

Es ist bereits dunkel, als endlich ein kleiner schmaler Mann mit schwarzem Schnurrbart und in blauen Arbeitshosen auftaucht.

Das muß er sein! Ob er mir einen Apfel gibt? überlegt Emma.

Sie bleibt neben Maute sitzen, obwohl sie gerne aufspringen und ihn sofort fragen möchte. Er begrüßt seine Frau. Die beiden sprechen leise auf türkisch miteinander. Dabei deutet die kleine runde Frau zu Emma hinüber. Er schüttelt den Kopf.

O nein, bittet Emma in Gedanken, bitte, sag nicht nein!

Aber er schüttelt ein zweites Mal den Kopf und sagt etwas.

Emma sieht die Frau auf sich zukommen.

Leider, sagt sie und schüttelt nun selbst den Kopf, mein Mann sagen nein. Es sind nur drei Äpfel. Wir brauchen selbst diese drei Äpfel. Er will nicht verschenken seine Äpfel. Du mußt verstehen, sagt sie, und jetzt nach Hause gehen. Besser, du gehen nach Hause, sagt sie und dann auf tamerisch zu Maute: Geht schnell zur U-Bahn. Es ist schon Nacht.

16. Kapitel

Warum Emma ihr Skateboard verliert . . .

Emma schläft nicht.

Sie will die ganze Nacht nicht schlafen.

Sie hat Inge nicht einmal ein Bündel Petersilie oder Schnittlauch mitgebracht, so enttäuscht war sie.

Sie sitzt in ihrem Bett, die Knie angezogen, die Arme um die Beine gelegt, das Kinn auf die Knie aufgestützt. Und am liebsten würde sie heulen. Heulen. Heulen. Heulen.

Aber es muß einen Weg geben, an einen der drei Äpfel heranzukommen. Sie wird nicht heulen, sondern nachdenken.

Natürlich könnte sie ganz einfach einen Apfel klauen. Könnte sie. Aber das wäre gemein. Gemein der kleinen runden Frau gegenüber und nicht fair. Außerdem ist klauen keine Lösung. Diese Äpfel gehören nun mal nicht ihr. Also muß sie sie auf irgendeine Weise erwerben.

Er will nicht verschenken seine Äpfel, hat sie gesagt.

Emma erinnert sich. Plötzlich hat sie diesen einen Satz im Kopf. Er will nicht verschenken.

Ja, wenn er nicht verschenken will, vielleicht will er dann einen Apfel verkaufen?

Warum ist sie nicht sofort darauf gekommen? Mensch, bist du dumm! schimpft sie sich selbst. Natürlich: kaufen! Weshalb ist sie überhaupt auf diesen blöden Gedanken mit dem Klauen gekommen? Wenn einer klaut, können alle klauen. Dann könnte auch irgend jemand kommen und ihr Skateboard klauen. Warum nicht? Wenn sie den Apfel klaut, klaut ein anderer ihr liebstes Spielzeug. Das hätte sie auch nicht so gerne.

Sie wird diesen Apfel kaufen. Selbstverständlich wird sie ihn kaufen.

Sie entschließt sich, alles Taschengeld, das sie inzwischen in einer alten Coladose angespart hat, für den Apfel zu opfern. Ja, das wird sie tun! Das ganze Geld für einen Apfel. Wie eine kleine Schmusekatze rollt sie sich nun endlich auf dem Kopfkissen zusammen, steckt den Daumen der linken Hand in den Mund, nuckelt noch ein Weilchen und schläft schließlich ruhig und zufrieden ein.

Allerdings muß sie bis Samstag warten, ehe sie ein zweites Mal ins Italienerviertel hinausfahren kann. Denn donnerstags und freitags hat sie erst um vier Uhr Schule aus, dann ist es bereits dunkel, und Peter und Inge möchten nicht, daß sie bei Dunkelheit alleine in der Stadt unterwegs ist. Aber Samstag ist schulfrei.

Maute kann sie an diesem Samstag jedoch nicht begleiten. Es ist sein Vater-Besuchstag. Davor kann er sich nicht drücken.

Emma hat von ihrem Plan erzählt. Sie hat ihm die Coladose gezeigt. Sie haben das Geld herausgeschüttelt und gezählt. Es ist genug Geld, um im Supermarkt ein ganzes Kilo Äpfel zu kaufen. Warum sollte sie dafür nicht wenigstens einen einzigen Apfel bekommen? Maute ist ganz zuversichtlich: Wenn sie das Geld sehen, werden sie dir den Apfel verkaufen!

Freitag nach der Schule steigt er mit Emma noch in den nächsten U-Bahn-Schacht hinunter und erklärt ihr an der Schautafel, wie sie fahren muß, damit sie auch tatsächlich ins Italienerviertel findet.

Samstag morgen sitzt Emma voll ausgerüstet am Frühstückstisch. Sie trägt Sturzhelm, Ellenbogen- und Knieschoner.

Nanu! sagt Peter: Was hast du denn vor?

Na, sie sieht so aus, meint Inge, als ob sie auf große Fahrt gehen wollte!

Sie haben nichts dagegen, als Emma ihnen erklärt, sie wolle ins Italienerviertel. Sie erzählt, daß sie dort zwei Jungen Skateboard fahren gesehen hat.

Klar, meint Peter, ich ginge auch mal gern wieder zu einem Fußballspiel. Bloß: Die Tamerländer kennen gar keinen Fußball.

Die beiden sind schwer in Ordnung! denkt Emma.

Sie stopft sich den letzten Bissen Brötchen in den Mund, der ein bißchen nach Kaugummi scheckt. Aber Brötchen schmecken hier nun mal nicht anders. Dann macht sie sich auf den Weg.

In der U-Bahn wird sie noch mehr angestarrt als sonst. Wegen des Sturzhelmes und so. Ist doch klar. Zu allem Überfluß hält sie auch noch die verbeulte alte Coladose in der Hand, wie andere ein zierliches Handtäschchen tragen. Die Tamerländer kommen aus dem Anstarren gar nicht mehr heraus.

Und Emma geht es heute gut. Es geht ihr so gut, daß sie übermütig die Münzen in der Coladose hin und her schüttelt. Das klappert wunderschön! Und die Tamerländer machen ein Gesicht, als hätten sie Zahnschmerzen.

Im Italienerviertel angekommen, schwingt sie sich fröhlich auf ihr Skateboard. Obwohl sie schon wochenlang nicht mehr gefahren ist, hat sie es nicht verlernt. Sie flitzt die Straße entlang wie daheim, fährt Schlangenlinien, weicht spielenden Kindern aus. Schade, daß Yüksel nicht dabei ist. Oder wenigstens Maute. Sie nimmt sich vor,

Maute Skateboardfahren beizubringen. Vielleicht macht es ihm so viel Spaß, daß er sich auch ein Brett anschafft. Dann könnten sie gemeinsam durch die unterirdischen Einkaufszentren flitzen, und die Erwachsenen bekämen vor lauter Kopfschütteln einen Wackelkopf.

Auf dem Skateboard ist die Straße nur halb so lang wie am Mittwoch. Wenigstens hat Emma das Gefühl, sie sei nur halb so lang. Noch ehe sie den Maschendrahtzaun des unbebauten Grundstücks erreicht hat, glaubt sie, „ihren" Apfelbaum zu sehen.

Heute ist nicht nur die nette kleine, rundliche Türkin im Gärtchen. Nein. Die gesamte Familie scheint hier versammelt zu sein. Emma zählt drei Kinder, alles Jungen. Sie läuft den Weg zwischen den anderen Gärten entlang. Sie winkt. Da ist auch der Mann.

Er entdeckt Emma zuerst, winkt aber nicht zurück.

Guten Tag! sagt Emma gut gelaunt, als sie den kleinen Garten betritt. Sie sagt es auf deutsch und streckt zuerst der Frau, dann ihrem Mann die Hand hin: Wie geht es Ihnen?

Danke, es gehen gut! antwortet die kleine runde Frau, wie sie es in Deutschland gelernt hat. Einer der Jungen ist so alt wie Emma. Er betrachtet neugierig den Helm und die Schoner und das Brett, das Emma unter den rechten Arm geklemmt hat.

In der linken Hand hält sie noch immer die Coladose. Sie lacht, schüttelt kräftig die Dose, daß das Geld klappert, und sagt: Ich habe mein ganzes Taschengeld dabei! Ich möchte Ihnen einen Apfel abkaufen! Wie teuer ist er?

Sie wartet gar keine Antwort ab; stellt das Skateboard auf die Erde, hockt sich davor und schüttelt die Münzen aus der Dose aufs Brett. Ganz einfach. So einfach muß es doch sein, oder nicht? Einfach Geld gegen Apfel.

FRED
Ute
Klara
Franz

Geschenkt wird keinem etwas, sagt Peter immer.

Sie hockt vor ihrem Häufchen Geld und guckt schräg zu den beiden Erwachsenen hoch. Die Frau lächelt ihr zu. Der Mann mit dem lustigen Schnurrbart, der an beiden Enden etwas nach oben gezwirbelt ist, schüttelt den Kopf.

Er schüttelt den Kopf? Emma traut ihren Augen nicht. Sie hat doch auf ihrem Brett so viel Geld liegen, daß sie davon ein ganzes Kilo Äpfel kaufen könnte, und will nur einen einzigen dagegen eintauschen.

Ist das nicht genug Geld? fragt sie ein bißchen kleinlaut.

Viel Geld für ein kleines Mädchen, antwortet der Türke und macht nun sogar ein freundliches Gesicht, aber ich nicht verkaufen Apfel.

Aber, warum denn nicht?

Er deutet auf die drei Kinder, die sich neugierig hinter Emma aufgestellt haben.

Ich müssen drei Äpfel unter drei Kindern aufteilen, erklärt er, deshalb.

Und nun?

Emma läßt sich enttäuscht aus der Hocke in den Schneidersitz fallen. Sitzt auf der Erde und läßt den Kopf hängen. Was nun?

Sie spürt, daß ihr jemand behutsam übers Haar streicht. Es ist die Türkin.

Nicht traurig sein, sagt sie, vielleicht nächstes Jahr. Vielleicht nächstes Jahr vier Äpfel. Dann du bekommen den vierten Apfel.

Nächstes Jahr?

Bis nächstes Jahr ist es noch eine Ewigkeit!

Alle Fröhlichkeit ist wie weggeblasen. Emma fühlt sich traurig, müde und beinahe krank. Betrübt fängt sie an, die Münzen in die zerbeulte Coladose zurückzuschieben.

Dabei hört sie, wie der eine Junge, der so alt ist wie sie, mit seinem Vater Türkisch spricht.

Er redet immer noch, und zwar ziemlich aufgeregt, als Emma alle Münzen eingesammelt hat und nun von der Erde aufsteht und nach dem Skateboard greift.

Du wollen mit uns essen? fragt die Frau und möchte das traurige deutsche Mädchen zum Trost einladen.

Emma schüttelt den Kopf. Am liebsten würde sie sich in irgendeinem Mauseloch verkriechen und vor sich hin weinen.

Ich glaube, ich muß jetzt heim, sagt sie, um irgend etwas zu sagen, und will sich schon umdrehen und den kleinen Gemüsegarten verlassen, da wird sie plötzlich am Arm festgehalten.

Der Junge sagt irgend etwas auf türkisch zu ihr. Emma versteht ihn nicht.

Ahmet fragt, ob du ihm dein Brett schenkst, erklärt sein Vater.

Mein Skateboard?

Ahmet sagt, wenn du ihm Brett schenkst, dann er schenkt Apfel. Seinen Apfel.

So ähnlich muß sich ein Mensch fühlen, wenn neben ihm der Blitz einschlägt oder ein Berg zusammenstürzt oder die Erde bebt. So ähnlich fühlt Emma sich jetzt.

Das Skateboard ist ihr Lieblingsspielzeug.

Es ist außerdem das einzige Spielzeug, das sie von zu Hause mit nach Tamerland gebracht hat.

Das soll sie verschenken?

Nein, nicht verschenken. Eintauschen gegen einen Apfel. Gegen einen Apfel, der nur ein Schritt von drei Schritten ist, die sie wieder heimbringen.

Nur eine Aufgabe von dreien.

Unwillkürlich preßt Emma das Skateboard eng an sich, wie einen Menschen, den sie umarmt.

Sie antwortet nicht. Sie steht da, das Brett im Arm, die Augen und den Mund aufgerissen. Sie steht da und starrt von einem zum anderen. Sie starrt auch zum Apfelbaum. Die drei Äpfel sind seit Mittwoch auf der einen Seite richtig schön rot geworden. Heute sind sie wohl reif. Sie muß sich nur von ihrem Skateboard trennen, dann wird einer von der Familie zum Baum gehen und einen der Äpfel für sie abpflücken.

Es ist ein Geschäft wie das Kaufen. Sie tauscht nur nicht Geld, sondern das Brett gegen einen Apfel ein.

Emma holt tief Luft.

Es wird keinen anderen Weg geben.

Es gibt keinen anderen Weg.

Oder sie muß warten bis nächstes Jahr.

Eine Ewigkeit.

Sie seufzt. Sie hört sich selbst seufzen, wie sie sich vorstellt, daß eine Elefantendame seufzt. Sie seufzt tief und schwer, wie Inge manchmal seufzt.

Dann nimmt sie das Brett und streckt es Ahmet entgegen: Da! sagt sie, ich schenke es dir!

Ahmet strahlt. Er strahlt übers ganze Gesicht. Als sei heute Weihnachten. Als hätte er eben das schönste Geschenk seines Lebens bekommen.

Er nimmt das Brett und klemmt es sich unter den Arm. Dann blickt er seinen Vater an. Der nickt. Und Ahmet geht zum Apfelbaum und pflückt den obersten Apfel für Emma.

17. Kapitel

Das Karottenkerlchen hat kalte Füße, und Emma beißt nur sehr vorsichtig in den teuer bezahlten Apfel . . .

SOS-SOS-SOS morst Emma in die Fernbedienung, und schon sitzt er auf dem schmalen Gerät. Diesmal wieder barfuß wie beim erstenmal.

Emma thront im Schneidersitz auf dem Bett. Sie trägt das dunkelblaue Nachthemd, das Inge ihr genäht hat. Emma hat aus Goldpapier und Silberpapier fünf Sonnen und drei Halbmonde ausgeschnitten und vorne und hinten aufgeklebt. Inge hat zwar gemurrt, aber Emma hat erklärt, es sei wunderschön und etwas Besonderes, mit Sonne und Mond gleichzeitig schlafen zu gehen. Und außerdem würde sie Gold- und Silberpapier für die Wäsche sorgfältig wieder ablösen.

Auf der linken Hand, denn das ist ja Emmas wichtigste Hand, weil sie doch Linkshänderin ist, trägt sie den Apfel. Sie hält ihn wie Könige auf Bildern die Weltkugel. In der anderen Hand haben diese Könige meistens ein Zepter. Aber so etwas besitzt Emma nicht. Dafür hat sie den Sturzhelm, die Knie- und Ellenbogenschoner auf das Kopfkissen gelegt, wie man Edelsteine auf einem Samtkissen bettet.

Ich sehe, sagt das Karottenkerlchen und lächelt freundlich, du hast die erste Aufgabe gelöst.

Ich habe den Apfel, antwortet Emma.

Du hast den Apfel, bestätigt es. Wie riecht er denn?

Wie zu Hause, antwortet Emma.

Wie schmeckt er denn?

Das weiß ich nicht, antwortet Emma. Sie wird doch nicht so leichtsinnig sein und in das gute Stück hineinbeißen. Wer weiß, ob das Karottenkerlchen einen angebissenen Apfel annimmt?

Dann beiß hinein! fordert es sie auf.

Sie soll wirklich hineinbeißen? In diesen schönen und sehr teuren Apfel soll sie hineinbeißen? Emma zögert.

Wirklich? fragt sie. Er hat mich viel gekostet.

Das Karottenkerlchen nickt. Ich weiß, sagt es, du hast dein Skateboard dafür geopfert. Du hast dir große Mühe gegeben, diesen Apfel aufzutreiben. Aber beiß nur hinein. Wir müssen ja wissen, ob er so schmeckt, wie er schmecken soll.

So vorsichtig hat Emma noch nie in einen Apfel gebissen. Ganz sanft setzt sie die Schneidezähne an die Apfelhaut. Sie will nur ein winziges Stückchen abbeißen, damit der Schaden nicht zu groß wird.

Auch das winzige Stückchen schmeckt wunderbar nach Apfel: es ist saftig und ein bißchen süß und ein bißchen sauer, genau so, wie Äpfel zu Hause schmecken.

Sie hat es geschafft! Sie hat es wirklich geschafft!

Ich seh's dir an, sagt er, der Apfel ist der richtige!

Emma strahlt, wie Ahmet gestrahlt hat. Sie ist so glücklich, daß sie in diesem Augenblick sogar den Preis vergißt, den sie dafür bezahlt hat.

Sie klettert aus dem Bett und geht zum Fernsehgerät hinüber.

Hier, sagt sie und hält ihm den kostbaren Apfel hin.

Er streckt die rechte Hand aus, und sie legt den Apfel hinein. Dabei spürt sie zum erstenmal seine Haut. Sie ist sehr kühl.

Frierst du? erkundigt sie sich.

Es ist etwas kühl in deinem Zimmer, antwortet er.

Ja, er hat recht. Es ist in der ganzen Wohnung etwas kühl, seit Peter die Heizung kleiner gestellt hat, weil das Heizen in Tamerland viel teurer ist als zu Haus.

Du hast ja auch nicht einmal Schuhe und Strümpfe an! sagt Emma.

Dafür hatte ich keine Zeit mehr, erklärt er, du hast mich zu dringend gerufen.

Emma fragt, ob er nicht Lust habe, sich in ihrem Bett ein wenig aufzuwärmen. Sie räumt sogar die Überreste der Skateboardmontur vom Kopfkissen, damit er seine winzigen Füße unters Kissen stecken kann.

Und dann sitzen sie gemeinsam auf Emmas Bett, die Füße des einen unterm Kopfkissen, die der anderen unter der Zudecke gewärmt, und das Karottenkerlchen erzählt, daß Emma ihn mit ihrem SOS-Ruf aus Indien geholt hat.

Was hast du denn in Indien gemacht?

Das gleiche, was ich bei dir in Deutschland getan habe. Ein indischer Junge hat mich in Neu-Delhi über die Fernbedienung gerufen. Aber in Indien gibt es für mich längst nicht so viel zu tun wie zum Beispiel in Europa.

Warum?

Nun, es gibt dort sehr viel weniger Fernsehapparate und noch weniger Geräte mit Fernbedienung. Viele Menschen haben ja nicht einmal genügend Geld, um sich satt zu essen. Was jedoch das wichtigste ist: In Indien hat das Märchenzeitalter noch nicht gänzlich aufgehört. Es ist nicht vom Fernsehen verdrängt worden. Kinder und Erwachsene glauben noch an die Geschichten, die seit Jahrhunderten, manchmal seit Jahrtausenden von Großvätern und Großmüttern erzählt werden.

Und was hast du mit dem kleinen indischen Jungen gemacht? will Emma wissen.

Nichts.

Nichts?

Nein. Er wußte sofort, daß ich ein Märchengeist bin, und er sprach einen alten Zauberspruch gegen Geister. Den hatte er von seinem Großvater gelernt.

So einfach ist das also. Sie hätte nur den richtigen Zauberspruch wissen müssen!

So einfach ist das für einen Jungen aus Indien zum Beispiel.

Oder für einen aus Schwarzafrika, bestätigt das Karottenkerlchen, das ihre Gedanken liest. Oder auch für ein türkisches Kind. Sei jetzt aber nicht traurig, Emma, es ist nicht dein Fehler, daß du nicht mehr richtig über Märchen Bescheid weißt.

Ich bin nicht traurig, sagt Emma.

Aber ein bißchen ist sie es schon.

Seitdem sie zugegeben hat, Heimweh zu haben, ist sie überhaupt ziemlich oft traurig. Und sie weiß nicht, wie sie das ändern soll.

Denk später darüber nach, sagt das Karottenkerlchen. Und dann klatscht es in die Hände wie damals, als es Emma auf die Reise nach Tamerland mitnahm. Im Augenblick, sagt es, sind die drei Aufgaben wichtiger.

Deine zweite Aufgabe ist es, sagt es, drei Tamerländer zu finden, die dich so mögen, wie du bist. Die dich nicht ändern wollen. Die nicht von dir verlangen, daß du so wirst wie sie. Die nicht behaupten, daß du schlechter seist als sie, nur weil du anders bist.

Und, was mache ich, wenn ich diese drei Tamerländer gefunden habe?

Das kleine Karottenkerlchen reibt die Füße unterm Kopfkissen und überlegt.

Ich glaube nicht, daß Inge und Peter sehr begeistert wären, wenn du abends drei Tamerländer mit ins Bett nimmst, so, wie du heute abend den Apfel mit ins Bett genommen hast, um ihn mir zu übergeben. Außerdem lassen sie sich nicht so gut auf deiner linken Hand plazieren.

Nein. Du mußt sie mir nicht vorführen. Du läßt sie ihren Namen auf deine wunderschönen Jeans schreiben.

Auf diese schmuddeligen Jeans? Ganz schön listig! meint Emma. Du weißt genau, daß sie sich alle vor meinen Jeans gruseln, weil sie vor Schmutz eine Riesenangst haben. Durch meine Jeans könnten sie sich ja die Pest oder sonstwas holen!

Er grinst: Warum soll ich nicht listig sein, Emmamädchen? fragt er.

Und dann löst er sich einfach in Luft auf, wie das so seine Art ist. Von einem Moment zum anderen ist er spurlos verschwunden und das Kopfkissen wieder leer. Aber seine Füße haben einen winzigen Fleck Wärme zurückgelassen.

18. Kapitel

Man lacht nicht, man weint nicht, man schreit nicht in Tamerland; und pfeifen tut man schon gar nicht . . .

Guten Tag, Emma, wie geht es dir?

Danke, gut. Und wie geht Ihnen, Herr Aublaum?

Danke, antwortet Blau Aublaum und fügt wie üblich hinzu: Und wie geht es dir wirklich?

Es geht ihr auch in Wirklichkeit gut. Heute geht es ihr tatsächlich gut. Heute hat sie nicht geschwindelt, nur weil diese Art der Begrüßung verlangt, daß man schwindelt.

Es geht ihr nicht nur gut. Es geht ihr prächtig. Maute hat seinen Namen bereits hinten auf die rechte Pobacke der Jeans geschrieben. Ganz groß und deutlich hat er Maute aufgemalt.

Sicher, das Karottenkerlchen ist listig. Aber Emma ist auch nicht dumm.

Sie hat Maute ganz einfach gefragt: Du mir machen eine große Freude?

Maute hat nicht einen Moment gezögert. Sie hat ihm die Kehrseite entgegengehalten, und Maute hat sich darauf verewigt.

Und nun ist Blau Aublaum an der Reihe.

Sie sitzt auf seiner Schreibtischecke und überlegt, wie sie ihn überreden kann. Bei Maute war es leicht. Aber Blau Aublaum ist ein Erwachsener. Und Erwachsene sträuben sich manchmal, das zu tun, was Kinder gern tun. Zum Beispiel malen sie nicht so gern mit Kugelschreiber oder Filzstift auf anderer Leute Kleidung herum. Warum sollte Blau Aublaum eine Ausnahme sein? Emma seufzt. Erwachsene um sich zu haben, ist manchmal ganz schön mühsam!

Warum seufzt du, Emma, wenn es dir so gutgeht? fragt er.

Er fragt auf tamerisch, denn außer der Begrüßung sprechen sie in seinen Stunden nur Tamerisch. Nur so, meint er, könnte Emma die fremde Sprache gut lernen.

Emma betrachtet nachdenklich die verschiedenen Schreibwerkzeuge, die er sorgfältig in einer schwarzen Schale auf dem Schreibtisch geordnet hat. Und dann hat sie einen Einfall.

Nun kommt es nur noch darauf an, die richtigen tamerischen Vokabeln zu finden und auch möglichst wenig Grammatikfehler zu machen.

Sie haben einen schöneren roten Filzstift, sagt sie.

Du meinst: Einen schönen, verbessert er.

Emma wiederholt: Sie haben einen schönen roten Filzstift.

Und deshalb seufzt du?

Ja, deswegen ich seufze.

Deswegen seufze ich.

Soll ich dir diesen schönen roten Filzstift schenken? fragt Blau Aublaum. Ich schenke ihn dir gern, wenn dir das Freude macht.

Ich danke sehr, antwortet Emma höflich, wie es in der tamerländischen Sprache üblich ist. Ich danke sehr. Aber ich habe mehr Freude an etwas anderem!

Oh! sagt Blau Aublaum und strahlt: Du hast zum erstenmal einen Satz ohne jeden Fehler gesagt, Emma! Du machst große Fortschritte. In einigen Wochen, denke ich, brauchst du keinen Unterricht mehr.

Es ist schön, gelobt zu werden. Und Emma wird ein bißchen stolz auf sich selbst. Er hat ja recht. Inzwischen kann sie sich ganz gut verständigen. Und wie mühsam ist es zu Anfang gewesen! Damals hat sie gemeint, diese Sprache niemals lernen zu können. Heute spricht sie besser als Inge. Obwohl Emma jeden Abend versucht, Inge alles beizubringen, was sie tagsüber gelernt hat.

Du lernst sehr gut, sagt Blau Aublaum, wirklich, Emma, es macht Spaß, dich zu unterrichten. Aber nun sag mir, was dir mehr Freude macht als der rote Filzstift.

Jetzt ist es soweit! Jetzt muß sie ihn dazu kriegen.

Sie muß ihn bitten, seinen Namen auf ihre Jeans zu schreiben.

Ich eine Bitte haben, sagt Emma, bemerkt ihren Fehler und verbessert sich: Ich habe eine Bitte.

Welche Bitte hast du?

Sie springt von der Schreibtischkante und dreht ihm das Hinterteil zu.

Nanu! meint Blau Aublaum verblüfft und weiß nicht so recht, was er davon halten soll.

Es ist auch in Tamerland nicht üblich, einem anderen das Hinterteil zuzukehren.

Aber Emma deutet eifrig auf Mautes Schriftzug in Höhe der rechten Pobacke und erklärt: Hier! Hier ist Maute!

Blau Aublaum beugt sich ein wenig vor, um Emmas Hosenhinterteil besser betrachten zu können.

Hm, macht er, tatsächlich, Maute hat seinen Namen ziemlich groß auf deine Hose geschrieben. Was hat das mit dem roten Filzstift zu tun?

Manchmal sind Erwachsene etwas begriffsstutzig. Man muß Geduld mit ihnen haben.

Emma kehrt Blau Aublaum wieder die Vorderseite zu, setzt sich jedoch nicht mehr auf die Schreibtischecke. Statt dessen nimmt sie den roten Filzstift aus der Schale und hält ihn bittend und auffordernd Blau Aublaum entgegen.

Bitte! sagt sie. Bitte, wenn Sie mich mögen, dann Sie auch Ihren Namen auf meine Hose schreiben!

O Gott, sie weiß ganz genau, daß sie wieder lauter Fehler macht. Aber sie ist auch sehr aufgeregt. Es hängt so viel davon ab, daß Blau Aublaum seinen Namen auf die Jeans setzt.

Was? Blau Aublaum ist so verdutzt, daß er sogar vergißt, ihre Fehler zu verbessern. Ich soll meinen Namen auf deine Hose schreiben? fragt er.

Emma hält ihm den roten Filzstift immer noch hin. Sie nickt.

Ja, bitte! sagt sie.

Vielleicht geniert er sich, seinen Namen auf ihr Hinterteil zu schreiben? Emma überlegt, wo sonst noch eine Stelle auf ihrer Hose frei sein könnte.

Ich mag dich sehr gern, Emma, hört sie Blau Aublaum sagen, während sie noch zwischen Blümchen, Kringeln, Herzen und Namenszügen nach einem freien Fleckchen sucht.

Aber warum, fragt er, soll ich deshalb meinen Namen auf deine Hose schreiben? Und dann auch noch mit rotem Filzstift? Er schüttelt den Kopf: Ich verstehe das nicht, Emma.

Es wird schwierig. Es wird schwieriger, als sie es sich vorgestellt hat.

Erklär es mir, Emma, bittet er.

Ja. Vielleicht ist das der richtige Weg. Vielleicht ist es besser, ihm alles zu erklären.

Emma legt den roten Filzstift zurück und fängt an zu erzählen, vom Karottenkerlchen und den drei Aufgaben.

Von Yüksel und seinem Heimweh und warum sie in Tamerland ist. Auch davon, daß sie ihr Skateboard für einen Apfel geopfert hat.

Sie macht viele Fehler beim Erzählen. Blau Aublaum hört jedoch zu, ohne sie zu verbessern. Er erinnert sich auch daran, daß sie ihn bei ihrer ersten Begegnung bereits nach einem Geist aus der Fernbedienung gefragt hat. Trotzdem glaubt er ihr die ganze Geschichte natürlich nicht. So eine Geschichte kann kein erwachsener Mensch glauben. Solche Geschichten sind für Erwachsene einfach unglaublich.

Als Emma aufhört zu erzählen, legt er zum erstenmal seine Hand auf ihre Hand. Allerdings trägt er die weißen Handschuhe. Deshalb kann Emma seine Haut nicht spüren.

Du bist eine gute Geschichtenerzählerin, Emma, sagt er, aber du wirst doch zugeben, daß ich ein Mensch aus Fleisch und Blut bin und keine Phantasiegestalt aus einem Phantasieland. So wie ich existiere, existiert auch Tamerland. Und die Sache mit dem Flaschengeist, der aussieht wie ein winziger Tamerländer, die kenne ich aus tamerländischen Märchen. Und jeder weiß heute, daß Märchen eben Märchen sind und keine Wirklichkeit. Jeder weiß, daß es solche Geister nicht gibt und auch nie gegeben hat. Auch die Märchenerzähler haben sie nur erfunden.

Trotzdem, so fährt er fort: Dir liegt viel daran, meinen Namen auf deiner Hose zu haben, nicht wahr? Und ich mag dich tatsächlich so, wie du bist. Außerdem möchte ich nicht, daß du ein trauriges Gesicht machst. Also, sagt er, wohin soll ich Blau Aublaum schreiben?

Am liebsten würde Emma ihm um den Hals fallen. Aber das mögen die Tamerländer nicht so gern.

Hier, antwortet sie und zeigt mit dem ausgestreckten Zeigefinger auf ein winziges freies Fleckchen am rechten Knie. Besser, sie dreht ihm nicht noch einmal das Hinterteil zu. Das könnte ihn erschrecken.

Aber nicht mir Rot! meint Blau Aublaum und nimmt einen grünen Kugelschreiber. Grün ist meine Lieblingsfarbe, sagt er.

Sie machen mir eine große Freude, ich danke Ihnen sehr! Emma spricht wieder einmal fehlerfrei.

Als sie ihn am Ende der Unterrichtsstunde verläßt, tritt sie mit dem rechten Bein ganz vorsichtig auf, so, als könnte Blau Aublaums Name vom Knie herunterfallen, wenn sie zu hastig läuft.

Dabei würde sie vor Freude am liebsten wie ein Gummiball durch die Gegend hüpfen. Vergnügt pfeift sie vor sich hin, während sie zum Schulbus geht. Im Bus pfeift sie allerdings nicht. Man lacht nicht, man weint nicht, man pfeift auch nicht in Tamerland. Schon gar nicht im Schulbus.

Im Schulbus macht ein tamerländisches Kind sein wohlerzogenes Alltagsgesicht und tut so, als würde es angestrengt nachdenken.

Emma pfeift also nicht. Und hätte sie karottenfarbene Haare, könnte man sie diesmal glatt mit einer Tamerländerin verwechseln, so brav sitzt sie auf ihrem Platz und macht dabei ein nachdenkliches Gesicht. Allerdings denkt sie tatsächlich nach. Emma tut nicht nur so. Emma überlegt.

Wenn sich Luft durchlöchern ließe wie ein Schweizer Käse, dann würde Emma jetzt ein Loch in die Luft starren, während sie darüber nachdenkt, wie sie's anstellen soll, mit einem dritten Tamerländer oder einer Tamerländerin Freundschaft zu schließen.

Mautes Name auf ihrem Hinterteil und Blau Aublaums auf dem rechten Knie sind noch nicht genug.

Aber wie, um Himmels willen, findet man einen Freund? Oder eine Freundin?

Soll sie einen Kopfstand machen und mit den Ohren wakkeln? Oder eine Anzeige aufgeben? Etwa in dieser Art: Suche Tamerländer oder Tamerländerin, auch mehrere, die bereit sind, ihren Namen auf meine schmuddeligen Jeans zu schreiben?

Nein.

Wer Freunde finden will, der gibt ein Fest.

Ein Fest geben?

Ich gebe ein Fest, beschließt Emma.

Ich gebe ein riesengroßes Fest. Dazu lade ich Maute ein und Blau Aublaum und alle aus meiner Klasse. Alle, die kommen wollen. Auch Aussa. Aussa und ihre Freundinnen, die immer so tun, als sei ich Luft für sie.

Egal, sie lädt alle ein.

Ja, ich gebe ein großes Fest in unserer Wohnung. Peter und Inge sollen auch dazu einladen. Sie werden alle zusammen ganz großartig feiern: Emma, die Kinder aus ihrer Klasse, Inges Frauen aus der Putzkolonne und Peters Kollegen aus der Fabrik. Ein Fest für Kinder und Erwachsene.

Außerdem wird sie die Apfelbaumtürkin und ihren Mann einladen, Ahmet und seine Geschwister und den netten Portier aus Amerika.

19. Kapitel

SOS für Kaffee und Kuchen,
für Eistorte und Limonade,
für Luftballons und Rock 'n' Roll-Kassetten . . .

Wieso willst du ein Fest geben? fragt Maute. Hast du etwa Geburtstag?

Nein, Geburtstag hat sie im Frühling.

Deshalb kann ich in Tamerland niemals Geburtstag haben, weil es hier ja keinen Frühling gibt.

Das Fest gebe ich einfach so.

Damit dieses Fest auch ein schönes Fest für ihre Gäste wird, erkundigt sie sich bei Maute, wie denn die Feste in Tamerland gefeiert werden.

Gibt es Kaffee und Kuchen, Saft und Eis?

Welche Spiele spielt ihr?

Tanzt ihr gerne?

Wie lange dauern eure Feste?

Wir feiern ganz selten Feste, antwortet Maute. Eigentlich nur, wenn jemand einen runden Geburtstag hat.

Er hat ein Fest zu seinem zehnten Geburtstag gegeben. Das nächste wird er erst wieder geben, wenn er zwanzig wird.

Sie spielen weder die Reise nach Jerusalem, noch Blinde Kuh oder ein Pfänderspiel. Solche Spiele kennt Maute gar nicht. Ihre Spiele sind leise Spiele und ohne Anfassen. Meistens sitzen sie im Kreis und machen Frage-und-Antwort-Spiele. Wer am meisten weiß, der hat gewonnen. Der Klügste ist der Beste.

Wir tanzen auch. Aber nur, wenn genügend Platz ist, denn jeder tanzt für sich allein.

Er kennt keinen Rock 'n' Roll und nicht einmal einen Foxtrott. In Tamerland faßt man sich nicht an beim Tanzen.

Ich glaube, sagt Maute, daß man nur früher so bei uns getanzt hat. Er würde an Emmas Stelle nicht so viele Leute einladen. Ein Fest, auf dem sich die Leute in einer engen Wohnung drängeln, ist ganz bestimmt nicht schön. Je mehr Platz die Gäste haben, um so besser ist das Fest. Eigentlich geben bei uns nur Leute ein richtig großes Fest, die auch eine große Wohnung haben.

Für Emma hört sich das alles sehr langweilig an. Deshalb beschließt sie, kein tamerländisches Fest zu geben, sondern eins, wie sie es auch zu Hause in Deutschland feiern würde.

Vielleicht, so überlegt sie, ist es für die Tamerländer interessant, einmal eine andere Art des Festefeierns kennenzulernen?

Dabei fällt ihr ein, daß Yüksel noch nie ein Fest gegeben hat. Sie wüßte gerne, wie Yüksel Feste feiert. Bestimmt feiern Türken anders als Deutsche.

Sie kauft weißes Papier und Buntstifte. Entwirft einen Einladungstext. In die Mitte eines jeden Blattes schreibt sie:

Wir geben ein großes Fest,
am Samstag um 15 Uhr.
Und wir laden alle, die kommen wollen,
sehr herzlich ein!
Emma, Inge und Peter.

Außen um den Text herum malt sie Blumen, Vögel, die Sonne und bunte Schmetterlinge. Es sieht aus wie zu Hause ein Garten im Sommer.

Dreißig Einladungen malt und schreibt Emma auf diese Weise. Jede Einladung sieht anders aus. Jede ist etwas Besonderes.

Zehn Einladungen gibt sie Inge und Peter, zwanzig nimmt sie selbst mit in die Schule. Eine Einladung überreicht sie auch Frau Auschau, die anderen verteilt sie in der Klasse, bis auf die zwanzigste, die ist für Blau Aublaum bestimmt.

Er bewundert ihre Blumen, die Sonne und die Vögel.

Trotzdem ist es schwierig, dieses Fest so vorzubereiten, wie sie es zu Hause feiern würde. Es gibt keine Luftballons, keine Girlanden, es gibt kein Konfetti oder Papierschlangen, und es gibt auch keine Rock 'n' Roll-Platten oder Kassetten in Tamerland.

Girlanden und Konfetti kann sie zur Not noch selbst aus buntem Papier basteln.

Aber weder Luftballons noch Kassetten lassen sich so einfach herbeizaubern.

Herbeizaubern? Klar doch!

Sie könnte das Karottenkerlchen bitten.

Er könnte Luftballons und Kassetten herbeischaffen. Außerdem Kaffee, Kuchen, Limonade und eine große Eistorte.

Inge schafft es nicht. Sie gibt sich die größte Mühe, aber es klappt nicht.

Wie soll ich eine Mandarinentorte backen oder einen Marmorkuchen, wenn hier schon das Mehl anders schmeckt als zu Hause? jammert sie. Das wird nie so, wie wir's gewohnt sind.

Deshalb funkt Emma ihr SOS am Freitagabend in die Fernbedienung.

SOS-SOS-SOS morst sie.

SOS für Kaffee, Kuchen, für Eistorte und Limonade, für Luftballons und Rock 'n' Roll-Kassetten.

SOS für ein großes Fest, auf dem die Tamerländer uns richtig kennenlernen können.

SOS.

Emma morst und morst und morst. Wo er sich bloß wieder herumtreibt? Diesmal vielleicht in China?

Wo hast du denn so lange gesteckt? fragt Emma ungeduldig.

Nun mal langsam, antwortet er und holt tief Luft, laß mich doch erst mal zu Atem kommen.

Er hat eine rotgefrorene Nasenspitze und ist dick eingemummelt. Auf dem Kopf trägt er eine Pelzkappe, an den Füßen warme Winterstiefel und an den Händen Fausthandschuhe.

Aha, denkt Emma, in China ist jetzt also Winter.

Nein, nicht China, antwortet er und fängt an, die Pelzsachen auszuziehen. Ich komme geradenwegs aus Sibirien. Du hast den Besuch bei meinem Großvater gestört.

Aha, einen Großvater hat er also auch? Was macht der Großvater eines Flaschengeistes aus der Fernbedienung in Sibirien? Am liebsten würde Emma sich erst einmal nach diesem Großvater erkundigen. Aber die Sache mit dem Fest drängt. Deshalb verkneift sie sich jede Frage nach Großvätern und Flaschengeistern.

Weißt du, sagt sie, ich habe mindestens eine halbe Stunde nach dir gemorst, weil ich dringend deine Hilfe brauche.

Natürlich weiß er das. Es war nicht so einfach, entschuldigt er sich, die richtige Wellenlänge zu finden, die mich zu dir bringen konnte. Mein Großvater lebt am Baikalsee, ziemlich abseits von allen Fernsehgeräten. Schließlich mußte ich einen Fernsehsatelliten benutzen.

Es ist ja ganz interessant zu erfahren, daß er sozusagen auf Fernsehfunkwellen durch die Lüfte reitet. Aber Satelliten hin und Satelliten her: Sie braucht jetzt seine Hilfe. Sie braucht seine Zauberkräfte für Kaffee und Kuchen, für Eistorte und Limonade, für Luftballons, Girlanden, Konfetti und Rock 'n' Roll-Kassetten.

Ich weiß nicht, ich weiß nicht, brummelt er vor sich hin und legt die Stirn in Falten.

Was weiß er denn nicht?

Nun ja, Yüksel hat auch niemanden, der ihm dabei hilft, ein Fest so auszurichten, wie er es in der Türkei ausrichten würde.

Vielleicht ist es unfair, dir diesen Wunsch zu erfüllen? Ja, wenn Yüksel Aladin wäre und eine Wunderlampe besäße, dann wäre das etwas anderes.

Aber schließlich läßt er sich doch überreden.

Emma kann ihn überzeugen.

Erstens, sagt sie, bin ich genausowenig wie der Yüksel ein Aladin.

Damit hat sie recht, was will er dagegen schon sagen?

Zweitens, sagt sie, bist du keine Wunderlampe, sondern ein ganz normaler Geist aus der Fernbedienung.

Und drittens hat der Yüksel ganz bestimmt nichts dagegen, daß du mir ausnahmsweise einmal hilfst. Im Gegenteil! Wenn er hier wäre, würde er dich genauso darum bitten, wie ich dich darum bitte. Weil er nämlich mein Freund ist.

Und dagegen kann das Karottenkerlchen nun überhaupt nichts mehr sagen.

Dafür sagt Inge eine Menge, als sie am nächsten Morgen die Küche betritt:

Woher kommt der Kaffee aus Deutschland?

Die Mandarinentorte?

Der Marmorkuchen?

Und die Limonade?

Ganz zu schweigen von der Eistorte im Kühlschrank!

Das geht doch nicht mit rechten Dingen zu!

20. Kapitel

Wie Emma ihr Fest feiert, Maute eine Entdeckung macht und Jimmy die beste Idee des Tages hat . . .

Ja, sie kann dieses Fest feiern, wie sie es auch in Deutschland gefeiert hätte: mit Kaffee und Kuchen, mit Limonade und Eis. Sie schmückt die Wohnung mit bunten Papiergirlanden und aufgeblasenen Luftballons, mit Luftschlangen und Konfetti.

Es ist so, als hätte sie Geburtstag.

Oder besser: als hätten sie alle drei an einem Tag Geburtstag. Emma, Inge und Peter.

Es ist ein schönes Fest und ein trauriges.

Schön deshalb, weil Maute da ist und Blau Aublaum.

Und aus Inges Putzkolonne sind alle Frauen gekommen: die Griechin, die Spanierin, die Türkin und die Deutsche. Sie haben ihre Männer mitgebracht und die Kinder.

Und die Apfelbaumtürkin ist da mit ihrem Mann und mit Ahmet und seinen beiden Brüdern, Nazim und Aras.

Maute hat einen Kaktus als Gastgeschenk mitgebracht.

Er ist klein, schmal und stachlig.

Ich dachte, sagt Maute, er paßt zu dir, und vielleicht wächst so was ja auch in Deutschland und erinnert dich an zu Hause?

Kakteen in Deutschland? Dafür ist es doch gar nicht warm genug. Sie wachsen in Spanien oder in Italien, aber nicht bei uns.

Emma lacht ganz untamerländisch und bedankt sich für

den Blumentopf. Sie lacht lustig und fröhlich, so, wie sie auch daheim lacht. Alles soll so sein wie daheim. Auch das Lachen.

Maute wird zwar wieder einmal rot, weil er einen Fehler gemacht hat, aber er nimmt Emmas Lachen nicht übel.

Was möchtest du zuerst probieren? erkundigt sie sich, Mandarinentorte oder Marmorkuchen oder Eis?

Vorsichtig probiert Maute ein Stück Marmorkuchen. So einen Kuchen hat er überhaupt noch nicht gegessen.

Blau Aublaum ist noch vorsichtiger und hält sich ans Eis.

Ja, und dann trifft noch einer von Peters Arbeitskollegen ein. Es ist der Jugoslawe, er arbeitet ebenfalls im Ersatzteillager. Er bringt seine Frau und Milan, seinen Sohn, mit.

Und ganz zum Schluß kommt Emmas Portier von den Apfelbaumplantagen. Hallo, folks! dröhnt er schon beim Hereinkommen: Ich bin Jimmy aus Detroit.

Er bringt einen Riesenkorb Äpfel mit.

Nein, stöhnt Inge, nicht schon wieder Äpfel! Wir haben eine Woche lang nur Apfelpfannkuchen, Apfelreis, Apfelauflauf und anderes mit Apfel gegessen!

Es ist ein schönes Fest. Weil sie alle fröhlich sind. Weil Emma Rock 'n' Roll auflegt und diejenigen, die Lust dazu haben, tanzen. Weil die Kinder der Gastarbeiterfrauen die Reise nach Jerusalem spielen und Blinde Kuh. Weil Emma Konfetti regnen und Luftballons zerplatzen läßt. Weil viel gelacht wird und viel geredet. Vor allem die Frauen aus Inges Putzkolonne reden und reden und reden. Sie reden und lachen und tanzen mit ihren Männern.

So ein schönes Fest haben sie lange nicht mehr gefeiert. Solche Feste gibt es in Tamerland gar nicht. Und es scheint keinen der Gäste zu stören, daß außer Maute und Blau Aublaum keine Tamerländer gekommen sind.

Und deshalb ist es für Emma auch ein trauriges Fest.

Sie hat zwanzig Einladungen in der Schule verteilt.

Peter hat zwei tamerländische Kollegen eingeladen.

Wo sind die Tamerländer auf diesem Fest?

Es sind Griechen da und Spanier, Türken und Jugoslawen, ein Amerikaner und die Deutschen. In Tamerland sind sie alle Ausländer. Sie sind Fremde.

Als erster bemerkt Blau Aublaum, daß Emma Trübsal bläst. Gemeinsam mit Maute hat er sich über Jimmys Apfelkorb hergemacht. Sie essen Äpfel statt Kuchen. Weil es tamerländische Äpfel sind, und die kennen sie.

Emma hat die letzte Handvoll Konfetti über Ahmet und seine Brüder, über Rosita aus Spanien und Milan aus Jugoslawien und Lena aus Griechenland gestreut. Die bunten Papierschnitzel hängen in ihren Haaren. Als hätte es farbig geschneit.

Aber Emma macht ein trauriges Gesicht.

Da legt Blau Aublaum den angebissenen Apfel zwischen die Blumentöpfe am Küchenfenster, kommt zu Emma und fragt auf deutsch: Wie geht es dir, Emma? Ehe sie antworten kann, fügt er augenzwinkernd hinzu: Ich sehe, es geht dir wieder einmal schlecht!

Ja, es geht ihr schlecht.

Warum ist Frau Auschau nicht zu diesem Fest gekommen? Wo ist Aupe, Mautes Freund? Wo sind die anderen Jungen aus ihrer Klasse und Aussa und deren Freundinnen?

Mir gefällt dein Fest, versucht Blau Aublaum zu trösten. Und Maute gefällt es auch. Wir haben gar nicht gewußt, daß man auf diese Art auch Feste feiern kann.

Ja, Maute, der einen Apfel nach dem anderen aus dem Apfelkorb holt und aufißt, ruft sogar ausgelassen:

He, Emma! Wenn du's mir beibringst, tanze ich sogar einen Rock 'n' Roll mit dir!

Er hat den anderen Gästen zugeguckt und macht nun einen ersten Versuch in der Küche. Er probiert die Tanzschritte und sieht dabei aus, als sei er beschwipst. Was gar nicht sein kann, weil niemand von Äpfeln beschwipst wird, auch wenn er noch so viele in sich hineinstopft.

Aber das tröstet Emma auch nicht.

Als das Fest zu Ende ist und die ersten Gäste gehen möchten, erkundigt sich Jimmy bei Emma: Wieso stehen denn lauter Namen auf deiner Jeans?

Emma erklärt es ihm.

Hey, das ist ja phantastisch! meint er begeistert. Dann klatscht er in die Hände, stellt den Kassettenrecorder ab und ruft fröhlich: Alle mal herhören! Emma trägt eine Freundschaftsjeans! Sie hat mir gerade erzählt, daß jeder, der sie mag, seinen Namen auf diese Jeans geschrieben hat. Ich glaube, wir alle mögen Emma. Was haltet ihr davon, wenn wir uns auch auf ihrer Jeans verewigen? Na, folks, was haltet ihr davon?

Jimmy aus Detroit hat die beste Idee des Tages. Emma will zwar protestieren: Wo, um Himmels willen, soll denn noch Platz auf meiner Jeans sein?! Aber ehe sie sich's versieht, fallen zuerst einmal die Kinder mit großem Geschrei über sie her. Da hilft keine Widerrede und kein Protestieren. Außerdem hat sie's ja gerne. Das ist wie damals auf dem Pausenhof. Emma legt sich zuerst bäuchlings und dann rücklings auf den Teppich. Maute und Blau Aublaum verteilen die bunten Filzstifte, mit denen sie ihre Einladungen gemalt hat. Ahmet entdeckt als erster, wo noch viel Platz ist: auf Emmas Hosenbund. Auf den Hosenbund hat noch keiner seinen Namen geschrieben.

Halt mal die Luft an und zieh den Bauch ein! befiehlt Ahmet, sonst kann ich ja nicht richtig schreiben! Er spricht wie alle auf diesem Fest Tamerisch. Wer würde schon Türkisch verstehen oder Spanisch oder Griechisch oder Serbokroatisch oder Deutsch?

Emma hält die Luft an und zieht den Bauch ein. Ahmet drückt beim Schreiben kräftig auf.

He! Nicht! schreit Emma: Es kitzelt!

Na, nun reiß dich mal zusammen! sagt einer. Emma reißt sich zusammen und die Augen auf: Da sitzt doch das Karottenkerlchen auf der linken Ecke des Fernsehers, baumelt mit den Beinen und guckt grinsend zu. Und keiner scheint es zu bemerken.

Nach Ahmet schreibt Milan seinen Namen auf den Hosenbund, dann kommen Rosita und Lena und Ahmets Brüder Nazim und Aras. Emma dreht sich wie ein Rollmops, damit alle einen Platz finden, und Maute paßt auf, daß jeder Name auch lesbar ist und keiner zu viel Platz beansprucht.

Sogar die Erwachsenen machen mit. Sie meckern, weil Maute sich so groß auf der rechten Pobacke eingetragen hat. Hätte er nicht ein bißchen bescheidener sein können, dann hätten sie jetzt mehr Platz!

Emma schielt zwischendurch immer wieder zum Karottenkerlchen.

Der scheint sich königlich zu amüsieren. Er hat sich sogar einen von Jimmys Äpfeln besorgt und ißt ihn seelenruhig auf, während Emmas Jeans so vollgeschrieben werden, daß in Zukunft niemand mehr auch nur das kleinste freie Fleckchen darauf entdecken wird. Zuletzt ist Jimmy an der Reihe. Weil er mehr breit als lang ist, hat er Mühe, in die Hocke zu gehen, wie es die anderen getan haben. Er läßt sich von Maute einen roten Filzstift geben und schnauft mächtig.

Rot ist gut, sagt er, Rot ist die beste Farbe. Jeder soll sehen, daß ich, Jimmy aus Detroit, auch auf Emmas Freundschaftsjeans stehe!

Er hat nur Schwierigkeiten, überhaupt noch einen freien Platz zu finden. Emma muß sich zweimal wie ein Fisch in der Pfanne umdrehen, und Jimmy sucht und sucht. Bis er sich endlich entschließt, seinen Namen auf eine Franse am Saum zu schreiben.

Schade, sagt er, das ist weit unten. Dafür hat er aber auch eine Franse ganz für sich allein.

Als er Maute den Filzstift zurückgibt und schnaufend aufsteht, wobei ihm Blau Aublaum hilft, will Emma gerade aufatmen. Dazu kommt sie nicht.

Moment mal, sagt Maute, da ist noch einer.

Er hat recht.

Das Karottenkerlchen hat den abgenagten Apfelbutzen auf dem Fernseher abgelegt, ist heruntergehüpft und steht nun neben Emma auf dem Teppich, nicht größer als Emmas Unterarm.

Gelb, sagt es zu Maute, ich will einen gelben Filzstift.

Emma hält die Luft an. Maute ist der erste, der das Karottenkerlchen sieht! Und alle anderen scheinen es nicht zu sehen.

Maute regt sich nicht einmal auf. Er gibt ihm den gelben Filzstift, als sei es das Selbstverständlichste von der Welt, einem Tamerländer in Miniaturausgabe zu begegnen. Seelenruhig sagt Maute: Komisch, ich hab' Sie vorhin gar nicht gesehen. Seit wann sind Sie denn auf Emmas Fest?

Tama schreibt das Karottenkerlchen auf die letzte noch freie Saumfranse.

Und dann reißt Maute doch Mund und Augen auf.

Kaum hat das Karottenkerlchen seinen Namenszug vollendet, löst es sich in Luft auf. Weg. Spurlos verschwunden. Nur der gelbe Filzstift bleibt auf Emmas Hosenbein liegen und rollt langsam auf den Teppich.

Vergiß den gelben Filzstift nicht! mahnt Blau Aublaum.

Maute hebt folgsam den Filzstift auf. Emma rappelt sich vom Teppich hoch.

Jimmy läßt sich ein großes Glas voll Limonade geben, hält eine kurze Ansprache, bedankt sich bei Emma, Inge und Peter für das wunderschöne Fest und fordert alle auf, miteinander anzustoßen. Sie stoßen mit Limonade an.

Nur Maute und Emma nicht. Maute zieht Emma am Ellenbogen aus dem Zimmer.

Sag mal, flüstert er, wer war das denn, dieses komische Kerlchen, das aussah wie ein tamerländischer Liliputaner?

Und Emma erzählt Maute die ganze Geschichte. Sie erzählt ihm ausführlicher, als sie Blau Aublaum davon erzählt hat.

Glaubst du mir? fragt sie am Schluß.

Maute weiß noch nicht, ob er so eine Geschichte wirklich glauben kann.

Zuerst, sagt er, dachte ich, du hättest jemanden aus dem Zirkus eingeladen.

Hab' ich aber nicht!

Maute nickt nachdenklich. Er hört gar nicht mehr auf zu nicken. Als hätte er ein Uhrwerk im Hals, das jemand aufgezogen hat und das ihn nun unentwegt nicken läßt.

Ja, sagt er zögernd, ja, wenn ich es nicht selbst gesehen hätte . . .

21. Kapitel

Es geht noch einmal um Emma, Maute, Aussa und Emmas Lieblingsjeans . . .

Er hat es zwar selbst gesehen, aber glauben kann er Emmas Geschichte trotzdem nicht so recht. Vielleicht war doch irgendwas in den Äpfeln? Alkohol oder sonst etwas, meint er zweifelnd am nächsten Tag.

Dann hätte doch Blau Aublaum auch beschwipst sein müssen, entgegnet Emma.

Blau Aublaum ist erwachsen. Erwachsene vertragen mehr.

Er hat auch seine Mutter gefragt.

Flaschengeister gibt es nicht; schon gar keine aus der Fernbedienung, hat sie geantwortet.

Es gibt aber tamerländische Flaschengeister, beharrt Emma, fragt Blau Aublaum, der hat's mir selbst erzählt!

Das sind doch Märchen!

Wer glaubt denn heute noch an Märchen?

Nicht mal mehr die Kinder.

Maute kennt gar keine Märchen. Er hatte ja auch keine Großmutter, die sie ihm hätte erzählen können. Er weiß nichts vom ungehorsamen Rotkäppchen, vom neugierigen Schneewittchen, nichts von der besserwisserischen Mutter, die den Brei überkochen läßt, und auch nichts von der Müllerstochter, die Stroh zu Gold spinnen soll und dann ihr Wort nicht halten kann.

Aber Emma hat ihn neugierig gemacht.

Erzähl mir davon! bittet er sie in der großen Pause.

Und Emma fängt mit Rotkäppchen an. Sie kommt sich vor wie ihre eigene Großmutter: Sie erzählt Märchen. Allerdings kann die Oma das viel besser. Mit Rotkäppchen kommt Emma noch ganz gut zurecht. Sie weiß, wie diese Geschichte abgelaufen ist. Auch Schneewittchen hat sie noch einigermaßen im Kopf. Aber schon beim Rumpelstilzchen weiß sie nicht mehr, ob es die Müllerstochter war oder ihr Vater, der Müller, der damit geprahlt hat, daß seine Tochter Stroh zu Gold spinnen könne.

Sie hätte nicht nur das Skateboard, sondern auch ein Märchenbuch mit nach Tamerland nehmen sollen.

Komisch, daß sie die Geschichten gar nicht mehr richtig weiß, um sie Maute erzählen zu können.

Macht nichts, sagt Maute, ich glaube sowieso nicht dran! So was kann ja keiner glauben.

Das sind ganz unglaubliche Geschichten. Oder?

Na, siehst du, sagt Maute, und deine Geschichte ist genauso unglaublich! Und daß dieser komische Liliputaner, den du dir aus dem Zirkus eingeladen hast, daß der sich plötzlich in Luft aufgelöst hat, das bilde ich mir sicher nur ein. Wahrscheinlich ist er ganz normal zur Tür hinausgegangen.

Daran läßt er nicht rütteln. Er behauptet, sich alles nur eingebildet zu haben. Und Emma würde sich ihre Reise nach Tamerland und die Sache mit den drei Aufgaben auch nur einbilden. Du bist zwar meine Freundin, sagt er, aber deshalb muß ich dir doch nicht alles glauben, oder?

Daß Emma Mautes Freundin ist, haben die anderen in der Klasse inzwischen auch bemerkt. Mautes Name steht ja groß genug auf ihrem Hinterteil.

Die meisten gucken nur. Diesmal starren sie nicht Emma, sondern nur ihre rechte Pobacke an.

Aussa macht allerdings eine Ausnahme.

Aussa bringt es fertig, plötzlich neben Emma aufzutauchen, als sie bei Pausenende ins Klassenzimmer zurückgehen, und zu fragen: Warum steht Mautes Name auf deiner Hose?

Weil Maute mich mag! erklärt Ermma und ist stolz darauf, Aussa fehlerfrei antworten zu können. Sie spricht jeden Tag besser Tamerisch. Sie ist kein Auto ohne Räder mehr.

So, Maute mag dich? fragt Aussa, und das klingt fast so, als sei sie eifersüchtig. Emma tut so, als würde sie's nicht bemerken.

Ja, Maute mag mich, wiederholt sie. Deshalb hat er seinen Namen auf meine Hose geschrieben!

Maute mag Emma, und Emma mag Maute.

Aussa macht ein Gesicht wie damals, als sie zu Maute sagte: Ich weiß gar nicht, was du an der findest! So oder ähnlich hat sie das doch gesagt.

Emma läßt sich davon nicht abschrecken. Alle, die mich mögen, schreiben Namen in meine Hose, fügt sie hinzu und macht doch wieder Fehler.

Es ist anstrengend, fehlerfrei Tamerisch zu sprechen.

Aussa verbessert sie auch prompt: Du meinst *auf* deine Hose! Ich würde nie irgend jemanden irgend etwas auf meine Kleidung schreiben lassen!

Ich weiß, antwortet Emma und versucht nun, Aussa zu erzählen, wie alle aus ihrer Klasse sich an ihrem Geburtstag auf der Jeans eingetragen haben und wie Jimmy auf dem Fest die gleiche Idee hatte.

Aussa hört zwar zu, kann jedoch nicht verstehen, was daran so schön sein soll.

Warum bist du eigentlich nicht zu meinem Fest gekommen? fragt Emma, als sie das Klassenzimmer schon betreten haben und Aussa an ihrem Arbeitstisch stehenbleibt.

Meine Mutter hat's nicht erlaubt, antwortet sie. Sie hat gesagt, ich könne doch nicht auf so ein Ausländerfest gehen. Das sei kein Umgang für mich!

So, sagt Emma nur und spürt wieder den Kloß im Hals.

Und außerdem, sagt Aussa und grinst jetzt auch noch schadenfroh, und außerdem hat sie ja recht. Du bist wirklich ein komisches Mädchen. Wenn ich einen Freund hätte, dann würde ich das nie so in die Welt posaunen wie du. Das macht man bei uns nicht.

So, sagt Emma noch mal, und dann geht sie schnell an ihren Arbeitsplatz. Sie spürt den Kloß dick und schwer werden und schon die Tränen in den Augen.

Ach, sie hat es satt. Sie hat es satt, in Tamerland zu sein.

Sie hat es satt, die Fremde zu sein.

Sie hat es satt, Fehler zu machen.

Sie hat es satt, immer wieder erklären zu müssen, warum sie anders ist als die Tamerländer.

Sie hat es satt.

Ich hab's satt! sagt sie auch abends dem Karottenkerlchen.

Es ist wieder einmal aufgetaucht, ohne von Emma gerufen worden zu sein. Es hat auf einmal auf der linken Ecke des Fernsehapparats gesessen, Emma war gerade damit beschäftigt, an Yüksel zu denken und die anderen in ihrer Klasse zu Hause und die Tränen runterzuschlucken. Ja, sie hat Heimweh. Und je länger sie aus Deutschland fort ist, desto stärker wird dieses Gefühl.

Es hat auf einmal dagesessen und gefragt: Warum rufst du mich nicht? Ich warte schon ein ganze Weile in der Leitung. Du hast doch die zweite Aufgabe gelöst!

Ich hab's satt, hat Emma geantwortet.

So, so, du hast es satt, sagt es nur.

Emma schluckt noch einmal kräftig, schnieft und hört auf, an Yüksel und ihre Klasse zu denken, und sagt zornig und traurig zugleich: Ich hab's satt, weil die Tamerländer gar nicht wissen wollen, wie wir tatsächlich leben. Wir sind Fremde für sie, und sie wollen uns gar nicht kennenlernen!

Aber, du hast die zweite Aufgabe gelöst! beharrt das Karottenkerlchen, du hast drei Tamerländer auf deiner Jeans.

Das Karottenkerlchen hüpft wieder einmal vom Gerät herunter, kommt durchs Zimmer an Emmas Bett. Sein Kopf erreicht gerade die Bettkante.

Heb mich hinauf! verlangt es, so wie der Frosch es von der Königstochter verlangt hatte. Ich habe kalte Füße!

Emma hebt es wie eine Puppe ins Bett und setzt es aufs Kopfkissen. Es verstaut erst einmal die kalten Füße unter einem Zipfel ihrer Zudecke.

Ich werde mir doch wieder irgendwelche Schuhe zulegen müssen, murmelt es dabei, und dann fragt es: Du kannst doch lesen, oder nicht?!

Will es sie beleidigen? Natürlich kann sie lesen.

Na, bitte. Dann lies mal: Maute, Blau Aublaum und Tama.

Emma macht ein verdutztes Gesicht, und das Karottenkerlchen lacht wieder einmal ganz untamerländisch.

Aaaber, stottert Emma, du bist doch ein Geist.

Ein tamerländischer, antwortet das Kerlchen.

Ja, aber, zählen Geister denn auch?

In diesem Fall ja. Ich bin dein Freund. Und ich mag dich so, wie du bist!

Am liebsten würde Emma ihm um den Hals fallen. Wenn

es nur groß genug wäre! So einem Winzling kann sie ja nicht um den Hals fallen. Der würde dann womöglich ersticken oder erdrückt werden. Deshalb beschränkt sie sich darauf, ihm einen dicken Kuß aufs winzige Gesicht zu drücken.

Du bist Klasse! sagt sie. Wirklich, du bist ganz große Klasse!

Das Karottenkerlchen strahlt. Aber es wird kein Königssohn aus ihm, auch nicht, nachdem Emma ihn geküßt hat.

Dafür fragt es nun: Willst du gar nicht wissen, warum Maute mich auf deinem Fest sehen konnte?

Doch. Selbstverständlich. Warum denn?

Das Karottenkerlchen macht ein verschmitztes Gesicht: Vielleicht, sagt es, vielleicht, weil Maute demnächst die Fernbedienung so benutzt, daß ich bei ihm genauso auftauchen werde, wie ich bei dir aufgetaucht bin.

Aber Maute glaubt doch gar nicht an Geister und so.

Eben. Denn wenn er daran glaubte, könnte er mich mit einem Zauberspruch auch wieder vertreiben. Du wirst sehen, sagt das Karottenkerlchen, Maute macht die gleichen Fehler, die du gemacht hast.

Welche Fehler?

Er versteht dein Heimweh nicht, spielt mit der Fernbedienung rum und weiß den Zauberspruch nicht.

Ach ja, das Heimweh. Für einen Augenblick hatte Emma ihr Heimweh vergessen. Wie soll sie diese letzte Aufgabe bloß lösen?

Über die dritte Aufgabe, sagt das Karottenkerlchen, das gar nicht daran denkt, mit dem Gedankenlesen aufzuhören, wirst du noch einmal gründlich nachdenken müssen. Vielleicht ist diese Aufgabe sogar unlösbar?

Es reibt sich die Füße unter Emmas Bettdecke warm,

grinst in seiner gewohnten Art und fügt hinzu: Jetzt sei doch erst einmal froh darüber, daß du drei Freunde gefunden hast!

Ja, schon. Aber.

Was aber?

In meiner Klasse, zum Beispiel, sind wir achtzehn. Aber nur Maute ist mit mir befreundet. Den anderen ist doch völlig egal, was ich mache, wie ich lebe, was ich gerne esse oder gerne anziehe.

Nun hör mal auf zu jammern! Das Karottenkerlchen scheint zum erstenmal ärgerlich zu sein. Du hast drei Freunde in Tamerland gefunden. Das ist eine ganze Menge. Hat der Yüksel eigentlich außer dir noch irgendeinen anderen Freund in Deutschland?

22. Kapitel

Warum Emma keine Spielverderberin ist und trotzdem Maute den Nachmittag verdirbt . . .

Sie ist mit Maute zum Eislaufen verabredet.

Er wartet schon auf sie.

Emma ist mit der U-Bahn zum Einkaufszentrum gefahren, und nun sieht sie Maute am Ausgang stehen. Er lehnt an der grünen Kachelwand. Gegen das Grasgrün sticht sein karottenfarbenes Haar grell ab. Er hat zwei Paar Schlittschuhe über die Schultern gehängt und winkt Emma zu.

Hallo, Emma! sagt er, als sie bei ihm ankommt.

Er hat schon eine ganze Weile auf sie gewartet.

Tut mir leid, daß ich zu spät kommen, sagt Emma. Eigentlich wäre sie lieber daheim geblieben. Gleich nach der Schule hat sie sich auf ihr Bett gelegt, die Augen zugemacht und sich vorgestellt, sie sei wieder zu Hause, es ist Sommer und sie könnte den Nachmittag mit Yüksel beim Skateboardfahren auf dem Spielplatz verbringen. Deshalb hat sie sich auch verspätet.

Hier ist kein Sommer, und einen Spielplatz im Park gibt es auch nicht.

Macht doch nichts, daß du zu spät bist, sagt Maute. Hauptsache, du kommst überhaupt! Er gibt ihr die Schlittschuhe, die einmal seine Mutter getragen hat.

Beim Schlittschuhlaufen hat Emma inzwischen große Fortschritte gemacht.

Bleibt mir ja auch nichts anderes übrig, murrt sie oft vor

sich hin, selbst wenn ich Skateboard fahren wollte, könnte ich's ja nicht, weil Ahmet mein Brett hat.

Sie kann sogar etwas, das Maute nicht kann.

Sie kann die Pirouette auf dem linken Bein.

Dafür hat sie lange geübt. Es kommt auf den richtigen Schwung an. Und es kommt darauf an, im richtigen Augenblick das rechte Bein hochzuziehen und über dem Knöchel des linken leicht anzuwinkeln und gleichzeitig die Arme vor der Brust zu verschränken.

Hört sich ganz einfach an. Ist es aber nicht.

Am schwierigsten ist es, den Anlauf richtig zu nehmen, in die Drehbewegung einzufahren und dann den Körper zu einem Kreisel zu machen.

Aber Emma schafft das. Wie ein spindeldürrer jeansbehoster Kreisel dreht sie sich auf einem Fleck der Eisfläche, und Maute sperrt Mund und Augen auf.

Du bist große Klasse! sagt er und übt schon seit drei Wochen jeden Mittwochnachmittag.

Als sie am Rand der Eisfläche die Straßenschuhe aus- und die Schlittschuhe anziehen, drängt Maute schon: Du machst es mir gleich vor, ja? Ich glaube, heute schaff' ich's ganz bestimmt. Irgendwann muß ich's doch schaffen, oder?

Emma nickt nur.

Eigentlich hat sie gar keine Lust, aufs Eis zu gehen. Am liebsten würde sie draußen an der frischen Luft sein. Hier drinnen in der riesigen Halle ist das Licht künstlich und die Luft auch. Muß sie auch sein. Schließlich liegt das Einkaufszentrum unter der Erde und wird beheizt, damit die Bäume, die sie hier gepflanzt haben, auch wachsen und grün sein können.

Nein, sie hat heute überhaupt keine Lust.

Maute merkt das.

Was ist los mit dir? fragt er.

Nix, antwortet Emma und schnürt die Schlittschuhe zu.

Natürlich ist was los mit ihr. Das Heimweh frißt sie wieder einmal auf. Aber sie hat keine Lust, darüber zu reden. Sie sieht Maute zu, wie er auf den Schlittschuhen zum Eingang der Eisbahn stakt.

Nun komm doch! ruft er Emma zu. Er brennt darauf, endlich die Pirouette zu lernen. Heute will er's unbedingt schaffen! Wäre ja gelacht, wenn er's nicht schaffte!

He! Emma! schreit er ganz und gar untamerländisch quer über die Eisbahn. Emmas untamerländische Manieren färben auf ihn ab. Er lacht und winkt.

Unlustig stakt sie endlich aufs Eis. Wie ein Eisschnelläufer flitzt Maute auf sie zu. Sie kennt das schon. Ehe er sie über den Haufen rennt, bremst er so scharf, daß Eisflocken hochspritzen.

Na, also! sagt er, komm, mach's mir vor!

Nun gut, sie wird's ihm vormachen, obwohl sie nicht weiß, ob Bleienten Pirouetten drehen können. Wie eine Bleiente fühlt sie sich nämlich. Und überhaupt! Sie hat überhaupt noch keine Ente Pirouetten drehen sehen. Keine Ente kann das. Sie muß nicht mal aus Blei sein. Nur eine normale Ente, und schon klappt es nicht.

Sie nimmt Anlauf und hat zu wenig Schwung drauf. Dann fährt sie in die Kreiselbewegung, zieht das Bein hoch und die Arme an den Körper. Mindestens fünfzigmal hat sie's Maute schon vorgemacht und erklärt. Eigentlich müßte sie die Pirouette auch schlafend schaffen.

Aber diesmal schafft sie's überhaupt nicht. Sie verliert das Gleichgewicht, rudert erst mit dem rechten Bein und dann auch mit den Armen in der Luft herum. Als könnte man sich an der Luft festhalten! Sie schlägt hin!

Natürlich ist es kalt und naß auf dem Eis. Außerdem ist es hart. Sie hat sich bestimmt drei oder vier blaue Flecken geholt.

Ärgerlich steht sie auf und klopft sich die Eisflocken von den Jeans.

Hast du dir weh getan? fragt Maute.

Emma schüttelt stumm den Kopf.

Selbstverständlich hat sie sich weh getan. Aber das macht nichts. Wehleidig ist sie noch nie gewesen. Sie ist nur traurig und wütend.

So ein blödes kaltes Eis! denkt sie und fängt auch noch an zu frieren. Überall ist es hier kalt und naß und so!

Ich hab' keine Lust mehr, denkt sie, ich will nach Hause auf den Spielplatz. Ich will endlich wieder mal schwitzen, weil mir die Sonne auf den Kopf brennt, und ich will staubig und schmutzig sein vom Skateboardfahren und den Gestank der Autos riechen, die in einer langen Schlange vor der Ampel warten. Ich habe die Nase voll. Ich hab' sie gestrichen voll!

Sie sagt das nicht, sie denkt das nur. Aber dann kann sie nicht verhindern, daß ihr plötzlich die Tränen übers Gesicht laufen. Sie schnieft und wischt sie sich mit dem Pulloverärmel ab.

Was ist bloß heute los mit dir! hört sie Maute sagen.

Nix! antwortet sie bockig.

Also, weißt du, sagt Maute, das merkt doch ein Blinder oder sogar ein Tamerländer, daß du heute den Kopf hängen läßt.

Emma schüttelt wieder nur den Kopf.

Ich nix gut heute, meint sie, ich besser gehen heim.

Gutmütig verbessert Maute: Du mußt sagen: ich bin heute nicht besonders gut. Ich gehe besser heim.

Ach was! antwortet Emma ärgerlich und traurig, und je ärgerlicher und trauriger sie wird, desto schlechter ist ihr Tamerisch: Ich nie lernen Tamerisch. Ich auch nicht wollen. Ich nur heim.

So ruppig ist sie noch nie gewesen. Maute weiß ja, daß sie manchmal Heimweh hat und niedergeschlagen sein kann. Aber so hat er sie noch nicht erlebt.

Die Emma, die sonst so lustig ist, hat heute richtige Traueraugen.

Hast du wieder mal Heimweh? fragt Maute.

Emma zuckt nur die Schultern und fährt zum Ausgang der Eisbahn. Maute folgt ihr betrübt. Er hat sich so sehr auf diesen Nachmittag gefreut.

Hör mal, sagt er, nur weil du Heimweh hast, mußt du doch jetzt nicht heimgehen!

Ach ja! Er hat gut reden! Es ist ja nicht nur das Heimweh. Es ist die dritte Aufgabe. Sie kann zwar eine Pirouette auf dem Eis drehen, aber das Heimweh wird sie nie loswerden. Und damit wird sie die dritte Aufgabe niemals lösen können. Und dann?

Natürlich hat sich Maute auf diesen Nachmittag gefreut. Es tut ihr ja auch leid. Aber ändern kann sie's auch nicht. Sie will jetzt nur noch in die Wohnung zurück und ins Bett. Sie wird sich die Decke über die Ohren und übers Gesicht ziehen. Sie will von der ganzen Welt nichts mehr hören und nichts mehr sehen. Und sagen will sie auch nichts mehr!

Geduldig stakt Maute hinter ihr her, als sie die Eisbahn verläßt und zu ihren Straßenschuhen zurückgeht.

Er setzt sich neben sie, während sie die Schlittschuhe aus- und die Straßenschuhe anzieht.

Sie will also tatsächlich heim! Maute ist enttäuscht.

Komm, Emma, bittet er, sei keine Spielverderberin! So'n

bißchen Heimweh, sagt er, damit muß man doch fertig werden.

Emma schnieft nur und schluckt die Tränen, die schon wieder aus den Augen herauswollen.

Warum versteht er sie nicht? Warum meint er, daß es so einfach ist, mit dem Heimweh fertig zu werden? Eine Spielverderberin ist sie ganz bestimmt nicht. Sie macht das ja nicht aus bösem Willen. Sie kann doch nichts dafür, daß sie sich so mies fühlt.

Es geht dir doch nicht schlecht bei uns, sagt Maute und legt einen Arm um ihre Schulter, obwohl die Leute sie schon anstarren. Schließlich weint man nicht in Tamerland.

Inzwischen hast du dich doch an vieles bei uns gewöhnt, sagt er, und du hast sogar Freunde gefunden, hast du selbst gesagt. Und dein Vater verdient hier viel mehr Geld als in Deutschland. Eines Tages kommt ihr dann auch nach Hause zurück und seid reiche Leute. Da wirst du doch so ein blödes Heimweh noch kleinkriegen!

Emma schüttelt den Kopf und gibt ihm die Schlittschuhe zurück. Ich nix gut heute, antwortet sie nur, steht auf und geht Richtung U-Bahn-Eingang. Dabei sieht sie Maute nicht an, weil sie sich schämt.

23. Kapitel

Heimweh ist doch keine Kiste, die man einfach über Bord wirft, oder Abfall, den man in den Müll gibt . . .

Ja, diesmal ist die Reihe an dir, zu staunen! sagt Emma.

Weshalb sollte ich staunen?

Weil ich dich rufe, obwohl ich die dritte Aufgabe nicht gelöst habe.

Das habe ich erwartet, sagt das Karottenkerlchen ganz ruhig.

Es ist zum Aus-der-Haut-Fahren! Da sitzt es auf dem Fernseher, baumelt mit den Beinen und tut so, als sei die Welt in Ordnung. Dabei hat Emma Weltuntergangsstimmung. Eine volle Stunde hat sie unter der Bettdecke verbracht. Bis es so heiß und stickig wurde, daß sie erstickt wäre, hätte sie die Decke nicht zurückgeklappt und nach Luft geschnappt wie ein Fisch auf dem Trockenen.

Draußen war es schon dunkel, wie immer um vier Uhr nachmittags. Zu Hause kann man um diese Zeit noch das Badezeug einpacken und ins Freibad fahren. Vielleicht macht ihre Klasse gerade den Sommerausflug? Dann sind sie bestimmt den Fluß entlang aus der Stadt hinausgewandert und grillen jetzt Würstchen und waten mit hochgekrempelten Hosenbeinen im seichten Wasser herum.

Emma hat sämtliche Fernbedienungen verflucht und alle Fernsehgeräte samt Karottenkerlchen zum Teufel gewünscht. Und dann hat sie sich entschlossen. Sie hat sich entschlossen, die Flinte ins Korn zu werfen. Sie hat ganz genau gewußt, daß sie die dritte Aufgabe niemals lösen kann.

Heimweh läßt sich nicht so einfach wegzaubern oder runterschlucken oder loswerden.

Diese Aufgabe ist unlösbar, und das sagt sie nun auch dem Karottenkerlchen.

Ja, sie sitzt in der Klemme und kann sich selbst nicht mehr helfen. Im Märchen ist das immer anders. Da gibt es plötzlich Auswege, oder es gibt Helfer. Im Märchen ist keine Aufgabe unlösbar. Im Märchen stolpert einer von denen, die Schneewittchens Sarg tragen, und schon springt der Giftapfel aus ihrem Hals heraus; oder irgendein Jäger kommt zufällig vorbei, findet den schnarchenden Wolf, schneidet ihm den Bauch auf und läßt Rotkäppchen und die Großmutter heraus; und das Rumpelstilzchen reißt sich selbst in Stücke, weil die Königin nicht für ihn bezahlen will, daß er ihr Stroh zu Gold gesponnen hatte. Ja, und aus dem glitschigen ekelhaften Frosch, den die Königstocher mit ins Bett nehmen muß, wird ein toller Prinz.

Vielleicht sollte sie das Karottenkerlchen einfach an die Wand werfen? Vielleicht wäre dann der ganze Spuk vorbei? Nein. Das kann sie doch nicht machen. Sie könnte ja nicht einmal einen Frosch an die Wand werfen. Sie ist auch keine Königstochter, sondern ganz einfach nur die spindeldürre und viel zu kleine Emma.

Deshalb sagt sie jetzt hilflos und auch ein bißchen trotzig zum Karottenkerlchen, das heute übrigens schwarze Lackschuhe und weißen Söckchen trägt: Okay, du hast gewonnen!

Wieso habe ich gewonnen? will es wissen und baumelt immer noch mit den Beinen.

Ich kann deine Aufgabe nicht lösen, antwortet Emma

und schaut sich seine Lackschuhe genauer an. Die sind ja richtig affig, denkt sie, die werden an der Seite mit weißen Knöpfen zugemacht.

Gefallen dir meine Schuhe? erkundigt es sich, ich habe sie von meinem Großvater bekommen. Damals trug man solche Schuhe.

Hat es nicht gehört, was sie eben gesagt hat?

Hör mal, sagt sie, ich habe darüber nachgedacht. Deine dritte Aufgabe ist unlösbar. Kein Mensch kann sein Heimweh einfach loswerden. Heimweh ist doch keine Kiste, die man über Bord wirft, oder Abfall, den man in den Müll gibt, nicht mal eine Hose, die einem zu klein geworden ist und die man deshalb für die nächste Kleidersammlung in einer Plastiktüte vors Haus stellt.

Verflixt noch mal, es soll ihr endlich zuhören! Es tut so, als sei das alles nicht wichtig. Jetzt zieht es sogar noch ein weißes Taschentuch aus der Hosentasche und fängt an, diese affigen Lackschuhe zu polieren.

Es sind meine Lieblingsschuhe, erklärt es, jedesmal, wenn ich sie trage, muß ich an meinen Großvater denken. Er ist ein richtiger Flaschengeist. Allerdings findet heutzutage kein Mensch mehr die Flasche, in der er steckt. Der Arme hat schon seit mehr als dreihundert Jahren keine frische Luft mehr schnappen können.

Entschuldige, denkt Emma, aber dein Großvater ist mir im Augenblick ziemlich egal.

Ja, ja, sagt das Karottenkerlchen und grinst und hat wieder einmal Emmas Gedanken gelesen, es ist traurig, daß den Menschen heute mein Großvater ziemlich egal ist. Auf diese Weise wird er niemals wieder aus seiner Flasche herauskommen. Stell dir vor, du wärest in so eine Flasche eingeschlossen, auf immer und ewig.

Nein. Nicht auch noch in einer Flasche sitzen! Allein diese Vorstellung macht Emma eine Gruselgänsehaut.

Tut mir ja leid, murmelt sie, daß dein Großvater so in der Klemme, nein, in der Flasche sitzt, aber ich sitze auch in der Flasche, nein, in der Klemme.

Ja, ja, antwortet das Karottenkerlchen seelenruhig, ich weiß.

Dann begutachtet es noch einmal die Schuhe. Sie glänzen wie gebohnert. Es schüttelt das winzige Taschentuch sorgfältig aus, faltet es genauso sorgfältig zusammen und steckt es in die Hosentasche zurück. Endlich hat es auch aufgehört, mit den Beinen zu baumeln.

Ja, ja, wiederholt es, ich weiß. Du kannst die dritte Aufgabe nicht lösen und meinst nun, du säßest in der Klemme.

So ist es doch auch.

Aber Emma! sagt es und lächelt erst beruhigend, dann lacht es sogar ein wenig. Aber Emma! Du weißt doch ganz genau, daß es in vielen Märchen manchmal so aussieht, als gäbe es überhaupt keinen Ausweg, und dann findet sich doch noch einer.

Aber, ich bin nicht im Märchen, protestiert Emma, das ist ja der Mist. Es ist doch alles Wirklichkeit. Maute ist Wirklichkeit, Blau Aublaum, Aussa, Ahmet, die Apfelbaumtürkin, die U-Bahn, die Eisenbahn, und ich bin Wirklichkeit. Ich kann weinen oder lachen, und ich weine tatsächlich und lache tatsächlich. Das ist kein Märchen! So, wie Blau Aublaum aus Fleisch und Blut ist, genauso existiert auch Tamerland. Und so, wie Tamerland existiert, existiere auch ich hier in dieser kalten und dunklen Gegend. Und du bist auch kein richtiger Geist, sondern irgendein seltsamer Mensch. Aber du bist aus Fleisch und Blut, sonst bekämst du keine kalten Füße.

Vor lauter Reden ist sie ganz außer Atem gekommen. Sie holt tief Luft und will noch einiges mehr sagen. Sie will ihm sagen, daß es sie hereingelegt hat mit dieser dritten Aufgabe, daß es ganz genau gewußt hat, daß diese Aufgabe unlösbar ist.

Es läßt sie jedoch nicht mehr zu Wort kommen.

Es lacht auch nicht mehr, es ist jetzt sehr ernsthaft. Wie ein richtiger Freund redet es mit ihr: Hoppla, sagt es, Moment mal, Emma. Du wirfst die Flinte zu früh ins Korn. Deine Geschichte ist noch gar nicht zu Ende. Woher willst du wissen, daß es nicht doch eine Lösung gibt? Im Märchen kommen die Lösungen meistens auch ganz überraschend, das weißt du! Du gibst sonst auch nicht so schnell auf. Emmamädchen, sagt es, du gehörst doch zu den Kindern, die ihren eigenen Kopf haben und damit auch durch die Wand gehen, wenn's sein muß!

Ja, sie hat ihren eigenen Kopf. Und den hat sie dazu benutzt nachzudenken. Deshalb weiß sie nun ja auch, daß es keine Lösung der dritten Aufgabe gibt.

Sie muß es ihm erklären. Sie hat das Gefühl, daß es darauf wartet. Genauso nachdenklich hat es sie angesehen, ehe es sie mit nach Tamerland nahm.

Weißt du, sagt Emma, mit dem Heimweh ist es doch so: man hat es nur deshalb, weil man sich an zu Hause *erinnert.* Ein kleines Kind zum Beispiel, das zwei Jahre alt ist oder so, das hat nie Heimweh, weil es sich nicht erinnern kann.

Ich war schon drei, erzählt Emma, als wir von Bremen weggezogen sind. Aber ich habe nie Heimweh nach Bremen gehabt, weil ich mich gar nicht daran erinnere. Ich weiß nur, daß wir mal in Bremen gewohnt haben, weil Inge und Peter und die Oma es mir erzählt haben. Aber diesmal ist es anders. Diesmal kann ich mich an zu Hause erinnern, an die Wohnung, den Spielplatz, an Yüksel, an die Klasse, überhaupt an alles. Erst dann, wenn ich mich nicht mehr erinnern könnte, dann hätte ich auch kein Heimweh mehr.

Sie hat das gesagt, ohne aufzublicken. Sie hat dabei betrübt vor sich hin gestarrt. Jetzt hört sie das Karottenkerlchen in die Hände klatschen. Es klatscht plötzlich vergnügt in die Hände, lacht wieder und ruft fröhlich: Emmamädchen! Du bist das klügste Kind, das mir in den letzten Jahren in die Fernbedienung geraten ist!

Wieso denn das? Sie muß doch nun für immer und ewig in Tamerland bleiben. Und das findet sie gar nicht so lustig. Im Grunde ist ihr hundeelend zumute.

Das Karottenkerlchen dagegen ist quietschvergnügt. Es hüpft vom Fernsehgerät herunter und fängt an, wie Rumpelstilzchen im Zimmer auf und ab zu springen.

Warum freut es sich nur so, während sie sich so elend fühlt?

Emma beginnt, sich darüber zu ärgern.

Wie ein Gummiball hüpft es auf dem Teppich herum.

Soll ich dir vielleicht einen Hardrock auflegen? fragt sie ein bißchen zornig. Dann kannst du dich so richtig austoben!

Freundlich antwortet es: Nein, lieber einen Wiener Walzer.

Was ist denn das? Wiener Walzer hat Emma noch nie getanzt.

Noch nie?

Dann wird es aber Zeit! Es macht eine Handbewegung, schnippt dreimal mit den Fingern, und plötzlich ist Musik im Zimmer, obwohl Emma den Kassettenrecorder nicht angestellt hat. Eine wunderschöne Musik. Sie wiegt einen hin und her. Wie in einer Kinderwiege, denkt Emma.

Erst traut sie ihren Ohren nicht. Und dann auch nicht mehr ihren Augen.

Von einem Augenblick zum anderen ist das Karottenkerlchen wieder einmal gewachsen. Nicht Stück für Stück wie beim erstenmal. Diesmal ist es im ersten Moment noch das putzige Kerlchen auf dem Teppich und im nächsten ein schlanker junger Mann, mindestens einsneunzig groß. Er hat auch nicht mehr die selben Sachen an wie eben noch. Nur die affigen Lackschuhe sind geblieben. Jetzt trägt er einen dieser altmodischen schwarzen Anzüge. Emma kennt sie aus Filmen. Die Jacke gabelt sich am Hintern in zwei Schwalbenschwänze. Und vorne sieht man ein gestärktes Hemd mit lauter Rüschen. So kommt er auf Emma zu, macht eine formvollendete Verbeugung und fordert sie zum Tanz auf. Richtig wie im Film.

Um Himmels willen! denkt Emma, hoffentlich verpaßt er mir nun nicht eines von den Abendkleidern mit Korsett. Die kann ich nicht ausstehen! Er soll mir jetzt bloß nicht meine Lieblingsjeans wegzaubern!

Keine Angst, Emmamädchen! sagt das Karottenkerlchen wieder einmal. Aber es ist kein Karottenkerlchen mehr, sondern eher so eine Art Prinz mit karottenfarbenen Haaren. Wäre er schwarzhaarig, dann könnte er sogar richtig hübsch aussehen. Er legt den rechten Arm um ihre Taille, reicht ihr die linke Hand, damit sie ihre Hand hineinlegt, und tanzt mit ihr durchs Zimmer. Es geht leicht und mühelos. Emma hat das Gefühl, fliegen zu können.

Du hast, sagt das Karottenkerlchen, das im Augenblick keines mehr ist, deine Aufgabe richtig gelöst, Emma.

Meint er die dritte Aufgabe? überlegt Emma, die vor lauter Staunen kein Wort mehr herausbringt. Das Zimmer hat sich verändert. Es ist gar nicht mehr ihr eigenes Zimmer. Es ist ein hellerleuchteter Ballsaal mit neunundneunzig Kerzenleuchtern und ringsum Spiegeln, und statt Teppich gibt es einen Parkettfußboden. Sie kann sich und ihren Flaschengeist aus der Fernbedienung x-mal gespiegelt an den Wänden sehen. Sie geben ein wunderliches Paar ab. Er, der hübsche, gutgekleidete junge Mann, und sie, Emma, das winzige spindeldürre Mädchen in den zerschlissenen, ungewaschenen und vollgemalten Jeans.

Welche Aufgabe?

Das Heimweh zu verstehen, antwortet er, das Heimweh, das der Yüksel hat und das alle anderen Menschen auch haben, die in einem fremden Land leben müssen. Du weißt jetzt, daß der Yüksel sein Heimweh nie loswerden wird, selbst, wenn er für immer in Deutschland bleibt.

Er tanzt mit ihr quer durch den Spiegelsaal. Und Emma glaubt zu träumen, so leicht fühlt sie sich. Wie ein Vogel im Flug. Dann hört sie, wie die Musik leiser wird und leiser.

Und leiser.

Das Licht der neunundneunzig Kerzenleuchter erlischt. Sie kann sich nicht mehr in den Spiegeln sehen. Aber sie tanzt noch.

Sie tanzt, bis nichts mehr von der Musik zu hören ist.

24. Kapitel

Noch einmal gerät in Inges und Peters Kopf einiges durcheinander, aber sonst ist alles in Ordnung . . .

Ja, von einem Augenblick zum anderen ist Emma nicht mehr in Tamerland. Von einem Moment zum anderen hat sie Maute verlassen, Blau Aublaum, Aussa, Ahmet und die Apfelbaumtürkin. Sie ist wieder daheim.

Sie sitzt im Fernsehsessel, in dem sonst meistens nur Peter sitzt. Im Fernsehen läuft irgendein langweiliges Nachmittagsprogramm. Irgendwas für alte Leute. Eine rundliche alte Dame mit weißen Ringellöckchen erzählt, daß sie fremder Leute Kinder als Leihoma hütet, um in ihrem Ein-Zimmer-Apartment nicht mehr so allein zu sein.

Emma weiß nicht, ob sie wach ist oder träumt.

Sie kneift sich, lacht, steckt den Daumen in den Mund. Alles stimmt. Das Kneifen tut weh, das Lachen hört sie und spürt es in den Gesichts- und Bauchmuskeln, der Daumen schmeckt wie jeden Tag.

Vor Aufregung fängt sie sogar an zu weinen. Wie bei ihrer Ankunft in Tamerland. Mit dem Handrücken wischt sie sich die Tränen vom Gesicht, sagt sich: Hör auf zu heulen! Und schafft es sogar. Sie muß nur noch zweimal kräftig schluchzen und schniefen, und dann ist sie wieder die Emma wie jeden Tag.

Zuerst einmal schaltet sie das Fernsehgerät ab. Dann will sie aus Peters Sessel aufstehen und stellt dabei fest, daß sie ihre Skateboardmontur trägt. Der Helm sitzt wieder etwas schief, und die Ellenbogen- und Knieschoner sind nur notdürftig befestigt. Aber alles ist vorhanden. Sogar das Skateboard!

Ja! Sogar das Skateboard ist da. Sie muß darauf gesessen haben. Es hat sich in die Polsterung des Sessels eingedrückt. Hoffentlich mosert Peter nicht wegen der Druckstellen.

Mein Skateboard! Emma schließt es in die Arme wie einen Freund oder eine Freundin, die sie lange vermißt hat. Mensch! Ich hab' mein Skateboard wieder!

Vor lauter Freude fängt sie an, mit dem Brett im Arm wie eine Verrückte im Wohnzimmer herumzutanzen.

Sie tanzt und lacht und singt, so lange, bis Peter die Wohnzimmertür öffnet und fragt: Was ist denn hier los?!

Sieh nur, ich hab' mein Skateboard wieder! ruft Emma und tanzt herum.

Wieso? Hattest du's vermißt? fragt Peter verwundert.

Ja – weiß er's denn nicht mehr? Sie hatte es doch Ahmet für den Apfel geschenkt!

Und außerdem: Freut er sich denn gar nicht, wieder daheim zu sein?

Ganz plötzlich hört Emma auf, herumzutanzen und zu singen.

Vorsicht ist die Mutter der Porzellankiste, sagt sie sich im stillen: Diesmal will ich mir nicht sagen lassen, daß ich von der Reise noch ganz durcheinander sei.

Wer weiß, was das Karottenkerlchen diesmal in Inges und Peters Köpfen angestellt hat!

Und so ist es auch. Es hat ganz ordentlich etwas angestellt.

Emma folgt Peter auf den Wohnungsflur hinaus. Dort stehen dieselben Koffer, die auch damals in der tamerländischen Wohnung gestanden haben. Inge und Peter sind gerade dabei auszupacken.

Na, fragt Inge, wieder munter?

Aha, denkt Emma, diesmal meinen sie, ich sei vor dem Fernseher eingeschlafen.

Ja, antwortet sie nur. Aber dann kann sie es sich doch nicht verkneifen zu fragen, ob Inge auch nichts in Tamerland vergessen hat.

In Tamerland? fragt Inge verwundert zurück.

Und Peter lacht los, als hätte Emma einen Witz gemacht.

Was soll denn das nun wieder sein? erkundigt er sich. Tamerland! Davon hab' ich noch nie gehört! Wieso sollen wir in Tamerland gewesen sein?! Das hast du dir doch bloß wieder mal ausgedacht, Spitzmaus! Wetten, dein Tamerland ist auf keiner Landkarte, in keinem Atlas und auf keinem Globus zu finden!

Ich werde mich hüten zu wetten, denkt Emma, er hat ja recht. Diese Wette würde ich haushoch verlieren.

Nein. Sie wissen beide überhaupt nichts mehr von Tamerland.

Und die Koffer packen sie nur deshalb aus, weil sie zu dritt von einer Reise zurückgekommen sind.

Die Oma hat fünfundsechzigsten Geburtstag gehabt. Deshalb sind sie für drei Tage nach Bremen gefahren, Geburtstag feiern.

Tamerland! Peter lacht immer noch und schüttelt den Kopf. Das hast du bestimmt von der Oma. So was kann sich nur die Oma ausdenken.

Wieso die Oma?

Sie sind für drei Tage in Bremen bei der Oma gewesen, und die Oma hat Emma Geschichten erzählt.

Inge und Peter haben auch nicht die winzigste Erinnerung an Tamerland.

Nur Emma weiß Bescheid.

Sie weiß, daß sie wochenlang, nein, monatelang in diesem Winterland gelebt hat. Sie erinnert sich. Sie erinnert sich sehr deutlich an alles. Und ein bißchen tut es ihr auch leid, Maute nie wiederzusehen und Blau Aublaum. Sie hat ja nicht einmal Zeit gehabt, sich ordentlich zu verabschieden.

25. Kapitel

Emma wird ausgelacht, Yüksel redet von einem Ifrit, und einem Flaschengeist werden seine Lackschuhe zurückgegeben . . .

Sie hat auch in der Schule tatsächlich nur drei Tage gefehlt.

In der großen Pause hat sie trotzdem versucht, den anderen ihre Geschichte zu erzählen. Keiner hat ihr die Sache mit dem Flaschengeist aus der Fernbedienung geglaubt. Märchenstunde! Wir sind doch keine Babys mehr! So was kannst du deiner Großmutter erzählen.

Sie haben Emma ganz einfach ausgelacht.

Obwohl auf ihrer Hose die Namen von Maute, Blau Aublaum und dem Flaschengeist aus der Fernbedienung zu lesen sind.

Vor allem Mautes Name ist groß und deutlich auf ihrem Hinterteil zu erkennen.

Sie glauben ihr nicht.

Maute und Tama sind sicherlich irgendwelche Kinder aus Bremen, und Blau Aublaum ist ein so verrückter Name, daß Emma ihn nur erfunden und selbst aufs rechte Knie geschrieben haben kann.

Der einzige, der ihr glaubt, ist Yüksel.

Natürlich es geben Geister, hat er gesagt, in der Türkei wir wissen, daß es Geister geben, gute und böse und weniger böse. Gute Geister sind Luftgeister. Ich denken, Emmas Geist ist ein Luftgeist. Vielleicht ein Ifrit?

Sie haben Yüksel genauso ausgelacht wie Emma.

Und Emma hat sich für heute nachmittag mit Yüksel

verabredet. Sie wartet wieder auf der Parkbank am Spielplatz. Als sie ihn die Straße herunterkommen sieht, steht sie auf und geht zur Ampel.

He, Yüksel! ruft sie über die Straße und winkt.

Er hat auch diesmal Ismet dabei und die kleine Aishe im Kinderwagen. Wie jedesmal, wenn seine Mutter nicht daheim ist, weil sie putzen gehen muß.

Hallo, Emma! sagt er, nachdem er bei Grün die Straße überquert hat.

Emma trägt ihre Skateboardmontur und freut sich schon riesig darauf, mit Yüksel zusammen die Rampe hinaufzufahren und heute vielleicht endlich die Kehrtwendung zu schaffen.

Fängst du diesmal an und zeigst es mir noch einmal? fragt sie.

Ja, ich heute anfangen und vormachen, antwortet Yüksel.

Emma verbessert ihn: Du mußt sagen: ja, ich fange heute an und mache es dir vor.

Dabei muß sie daran denken, wie schwierig es war, so viel Tamerisch zu lernen, daß sie sich verständigen konnte.

Geduldig wiederholt Yüksel, was sie ihm vorsagt. Er möchte gerne richtiges Deutsch sprechen. Auch wenn Deutsch so eine schwere Sprache ist.

Dann schickt er Ismet mit den Matchboxautos in den Sandkasten und stellt den Kinderwagen in die Sonne.

Emma gibt ihm das Brett.

Du mußt aufpassen auf Ismet und Aishe, bittet er, ehe er ihr die Kehrtwendung vormacht.

Wieso denn das? fragt Emma ganz verwundert, Ismet hat doch immer ganz brav allein im Sandkasten gespielt, während wir gefahren sind? Warum müssen wir plötzlich auf ihn aufpassen? Und auf Aishe? Die kann doch noch gar nichts in ihrer Kinderkarre anstellen, dazu ist sie viel zu klein.

Es ist, erklärt Yüksel, wegen der Mutter.

Wegen deiner Mutter?

Ja. Sie haben Angst, sagt er.

Sie hat Angst, verbessert Emma.

Wovor hat Yüksels Mutter denn nur Angst?

Sie hat plötzlich Angst, erklärt Yüksel. Seitdem irgend jemand an die Wand des Hauses, in dem sie wohnen, geschrieben hat: „Ausländer raus!“ Seitdem hat sie plötzlich Angst davor, daß ihren Kindern in dieser Stadt etwas zustoßen könnte.

Nur meine Mutter, beteuert Yüksel, ich keine Angst. Ich sein gerne hier. Nur nicht, wenn Heimweh. Wenn Heimweh, dann Heimweh. Verstehst du?

Diesmal verbessert Emma ihn nicht.

Sie bleibt in der Nähe des Sandkastens, in dem Ismet eine Rennbahn für die Matchboxautos baut, und wirft auch immer wieder einmal einen Blick auf den Kinderwagen mit Aishe.

Yüksel nimmt Anlauf, fährt die Rampe hinauf, dreht und hat diesmal genügend Schwung drauf. Er fällt nicht. Er kommt heruntergeflitzt wie ein Rennfahrer, rast auf Emma zu und stoppt erst, als er sie schon beinahe über den Haufen gefahren hätte.

Ich gut heute! verkündet er fröhlich.

Vielleicht bin ich heute auch gut, meint Emma, vielleicht hilft mir dein Luftgeist?

Wer weiß? Yüksel nickt ernsthaft. Luftgeister bestimmt gut für Skateboard!

Emma nimmt Anlauf, fährt die Rampe hinauf, wirft sich aus der Hüfte heraus in die Drehung, dreht – und schafft es!

Sie schafft die Kehrtwende und kommt stolz wie ein Papagei die Rampe heruntergesaust.

Ich hab's geschafft, Yüksel! Ich hab's endlich geschafft!

Sie schafft es nicht nur einmal an diesem Nachmittag, sie schafft es mehrmals. Yüksel staunt und meint, Emmas Karottenkerlchen sei ganz bestimmt ein türkischer Luftgeist.

Du sein ein Glückskäfer! sagt er, und Emma lacht.

Wir sagen, daß jemand, der Glück hat, ein Sonntagskind ist.

Dann ist Emma eben ein Sonntagskind!

Vielleicht ist sie ein Sonntagskind, obwohl Inge behauptet, sie sei an einem Mittwoch geboren. Und Inge muß es ja eigentlich wissen.

Abends verlassen sie gemeinsam den Spielplatz. Emma führt Ismet an der Hand, während Yüksel die Kinderkarre schiebt.

Ehe sie sich verabschieden, fragt Emma, ob sie ihn nicht einmal zu Hause besuchen darf. Sie möchte sehr gerne wissen, wie eine türkische Familie eigentlich lebt, was sie abends tun, wie Yüksels Eltern sind, was sie essen und wie die Wohnung aussieht.

Du kommst einfach vorbei, schlägt Yüksel vor, unsere Freunde alle kommen einfach vorbei in der Wohnung.

Einfach so?

Ja, versichert Yüksel, einfach so. Wer uns besucht, ist willkommen. Freunde sind immer willkommen.

Sie merkt, daß Yüksel sich auf ihren Besuch freut.

Eigentlich, denkt sie, hätte ich ihn längst schon einmal besuchen sollen! Schließlich sind wir schon ziemlich lange befreundet.

Wie ein Igel zusammengerollt liegt sie an diesem Abend

in ihrem Bett. Aber sie schläft nicht ein. Sie schläft auch noch nicht, als Inge und Peter zu Bett gehen.

Es muß schon Mitternacht sein oder so.

In der Wohnung ist alles still. Auch im Haus ist alles ruhig.

Schließlich klettert Emma aus dem Bett.

Wenn sie schon nicht einschlafen kann, dann möchte sie wenigstens Gesellschaft haben. Auf Zehenspitzen geht sie ins Wohnzimmer hinüber. Im Fernsehen ist längst Sendeschluß. Das hindert sie nicht daran, sich in Peters Fernsehsessel zu kuscheln und die Fernbedienung vom Wohnzimmertisch zu angeln.

SOS-SOS-SOS morst sie.

Dieses Morsezeichen kann sie inzwischen im Schlaf.

Hallo, Emma! sagt es und sitzt auf der linken Ecke des Fernsehgeräts. Wie geht es dir?

Ich kann nicht einschlafen, antwortet Emma, und es ist langweilig, stundenlang wach zu liegen. Deshalb wollte ich mit dir reden.

Aha! sagt es nur. Es sagt das im gleichen Tonfall, in dem es Emma damals gesagt hat.

Außerdem ist es wieder barfuß.

Wo hast du denn deine Lackschuhe gelassen? will sie wissen.

Die hat es seinem Großvater zurückgegeben.

Mein Großvater, erzählt es, hat Riesenglück gehabt. Stell dir vor, ein kleiner russischer Junge hat seine Flasche am Ufer des Baikalsees gefunden und geöffnet. Jetzt ist er der Flaschengeist dieses Jungen und braucht dazu seine Schuhe wieder.

Gibt es denn den Baikalsee überhaupt?

Aber, sicher doch! Sieh nur in deinem Atlas nach.

Yüksel behauptet, du seist ein Ifrit. Bist du ein Ifrit? will Emma wissen.

Ich bin ein Tama, behauptet das Karottenkerlchen, grinst und baumelt wieder einmal mit den Beinen. Peter würde Bauchschmerzen bekommen, wenn er das sehen könnte. Für das Fernsehgerät hat er viel Geld ausgegeben.

Was ist ein Tama?

Ein tamerländischer Geist.

Aber Tamerland gibt es doch gar nicht.

Nein? fragt es und grinst nun von einem Ohr zum anderen. Du meinst, es gäbe Tamerland nicht? Du erinnerst dich doch ganz genau an Tamerland, oder?

Ja, ich schon, antwortet Emma, aber Inge und Peter zum Beispiel erinnern sich überhaupt nicht. Und Tamerland ist wirklich nicht im Atlas zu finden.

Daß sich Inge und Peter nicht erinnern, gibt das Karottenkerlchen zu. Dafür hat es schließlich selbst gesorgt. Trotzdem behauptet es, Tamerland existiere tatsächlich. Solange Emma sich an Tamerland erinnert, wird es Tamerland geben.

Das ist wie im Märchen, erklärt es, es gibt sie nur in der Phantasie der Menschen. Und Tamerland gibt es in deiner Phantasie.

Warum gibt es Tamerland aber nicht in Inges und Peters Phantasie?

Das ist doch ganz einfach. In den Köpfen von Erwachsenen ist heute kaum noch Platz für Märchen. Deshalb haben sie auch nie das Glück, plötzlich einem dienstbaren Geist aus der Fernbedienung gegenüberzusitzen. Dieses Glück können heutzutage nur noch Kinder haben.

Übrigens, sagt es, hast du noch eine Menge Wünsche frei.

Ja! Richtig! Dieses Karottenkerlchen ist ja ihr dienstbarer

Geist. Dienstbare Geister sind dazu da, Wünsche zu erfüllen.

Wollte sie sich nicht eine Skateboardausrüstung für Yüksel wünschen? Und in den großen Ferien eine Reise in die Türkei? Und, und, und . . .

Ich wünsche mir, ich wünsche mir, ich wünsche mir . . .

Und solange Emma noch nicht erwachsen geworden ist, wird sie nicht aufhören, ganz unglaubliche Wünsche zu haben.

Wenn sie klug ist, wird sie auch als Erwachsene noch Zeit für Märchen und Wünsche haben, die nur auf den ersten Blick ganz und gar unglaublich sind.

Von Angelika Mechtel
sind im Loewes Verlag erschienen:

Maxie Möchtegern
Maxie möchte am liebsten Wunder herbeizaubern können. Eines Tages findet sie einen grünen Stein, und plötzlich erfüllen sich viele alltägliche Wünsche. Doch im Verlauf der immer raffinierter ausgeklügelten Zaubereien erfährt Maxie Erlebnisse, die ganz anderer Art sind, als der Wunschstein sie ihr vermitteln kann.

Kitty Brombeere
Kitty ist elf und ein kleines Biest, das in die verrücktesten Situationen kommt. Sie findet großen Spaß daran, Alf, den 18jährigen Primaner, den „feinen Pinkel" und Mitglied einer Bande, die Autos für Spritztouren „organisiert", in Angst und Schrecken zu versetzen. Sie hat Alf in der Hand, denn sie besitzt seine Mütze, die er am „Tatort" verloren hat.

Kitty und Kay
Die zwölfjährige Kitty und Kay, in der Klasse zunächst wie Hund und Katz', schließen miteinander Freundschaft, die aber immer wieder auf harte Proben gestellt wird. Doch als eines Tages Kays schwangere Schwester verschwunden ist, gibt es nur eins: Die gemeinsame Suche nach Anna.